嵘 峥
岁 月

中共杭州市萧山区楼塔镇委员会
杭州市萧山区楼塔镇人民政府 编

ZHENGRONG
SUIYUE

浙江工商大学出版社 | 杭州
ZHEJIANG GONGSHANG UNIVERSITY PRESS

图书在版编目（CIP）数据

峥嵘岁月 / 中共杭州市萧山区楼塔镇委员会，杭州市萧山区楼塔镇人民政府编 . —杭州：浙江工商大学出版社，2023.1

ISBN 978-7-5178-5138-7

Ⅰ.①峥… Ⅱ.①中… ②杭… Ⅲ.①散文集－中国－当代 Ⅳ.①I267

中国版本图书馆 CIP 数据核字（2022）第 177851 号

峥嵘岁月
ZHENGRONG SUIYUE
中共杭州市萧山区楼塔镇委员会
杭州市萧山区楼塔镇人民政府　编

责任编辑	张晶晶
责任校对	夏湘娣
特约编辑	李大军
封面设计	朱嘉怡
责任印制	包建辉
出版发行	浙江工商大学出版社
	（杭州市教工路 198 号　邮政编码 310012）
	（E-mail：zjgsupress@163.com）
	（网址：http://www.zjgsupress.com）
	电话：0571-88904980，88831806（传真）
排　　版	杭州大漠照排印刷有限公司
印　　刷	杭州丰源印刷有限公司
开　　本	880mm×1230mm　1/32
印　　张	4.875
字　　数	105 千
版 印 次	2023 年 1 月第 1 版　2023 年 1 月第 1 次印刷
书　　号	ISBN 978-7-5178-5138-7
定　　价	68.00 元

为了永不忘却的纪念

——为《峥嵘岁月》一书作序

习近平总书记指出:"一个有希望的民族不能没有英雄,一个有前途的国家不能没有先锋。"楼塔,是一个有英雄记忆、先锋故事的小镇,到楼塔工作近三年,听到不少,看到不少,心下也记了不少。斗转星移,时移世易,时常感叹唏嘘那些历史中模糊而伟大的身影,有太多的故事值得叙述、沉淀和追忆,我想,我辈有自己的责任。

楼塔镇是新四军金萧支队重要据点,也是抗战时期对日作战的最前沿。所产生的新四军及抗战文化、志愿军文化、妇运文化等都与楼塔人民义薄云天、勇毅刚果的性格密切相关,为楼塔书写了浓墨重彩的一笔,给后人留下丰厚的红色革命文化资源,唤起了不同时代的共振、共鸣、共情。把那段战火硝烟的峥嵘岁月记录下来,是对那些逝去的烈士、渐渐老去的英雄最好的怀念,也能教育子孙后代,正是英雄们的无私付出,才创造了今天的幸福生活。

仙岩楼塔,自古英雄辈出。楼塔人民身上的英雄基因已铭刻进精神血脉的"家谱"中,融入育人的"家风"里。当民族和时代需要我们时，楼塔的英雄儿女义无反顾地站了出来：共产党最早从事秘密情报工作和妇运的先驱楼曼文，鲜血洒在雪湾大山上的新四军烈士蒋英武，舍身炸坦克的英雄俞金松，大义凛然、拒做日寇挑夫的楼维清……更有一些走出故乡，投身革命，用血肉金刚铸就岁月静好的无名英雄，他们用生命诠释了"青山处处埋忠骨，何须马革裹尸还"的悲歌，也唱响了中华民族站起来、富起来、强起来的时代最强音。

展开中华民族史诗般的画卷，每一幅都闪耀着英雄的风采。让我们铭记英雄们的丰功伟绩，用我们真诚的信仰，认真、诚恳与善良，脚踏实地地工作，发扬他们的精神，汲取英雄们奋发的力量。

致敬英雄，因为他们的勇敢、忠诚、坚强、坚定信念，是弥足珍贵的精神财富；继承英烈志向，是我们对英雄们最好的怀念，为了永不忘却！

袁勇刚

2022 年 7 月

目　录

致敬，老战士张尚品

文 / 木　瓜

五月的楼塔镇，如梦似幻，充满了柔情，充满了活力。那一日，天气晴好，云淡风轻，我们从镇上出发，沿着洲口溪溯流而上。溪水清清，水草依依，青山倒映在水中，几只燕子从眼前飞过，留下一串呢喃。三千五百米后，我们就来到了此次采访的目的地——岩上村，这里是金萧支队老战士张尚品的家乡。

"巍巍怪石立溪滨，曾隐征君下钓纶。东有祠堂西有寺，清风岩下百花春"，这是初唐诗人王勃在唐上元二年（675）去往交趾探望被贬的父亲，途经百药山，凭吊东晋名士许询时写下的诗句。数百年后，有一张姓人家迁徙至此，在洲口溪之滨，在怪石之旁，在许询下钓纶的地方，安家落户，繁衍生息。后在明朝万历年间和天启年间又有俞、楼两姓族人迁入，村落逐渐形成了气候，这就是岩上村的来历。

岩上村，位于萧山的南部山区，与富阳、诸暨一步之隔。夹在两座大山之间的山村，显得格外的年轻与清静，一条宽宽的溪流从村中穿过，滋润着山峦，滋润着田野，滋养出一批一身豪气的山民。

时光回溯到 20 世纪 20 年代初。那时候的岩上村不过百十户人家，两个小小的自然村，前畈与后畈。在前畈的中心，有一座五间两弄的老宅，住着一户姓张的农户，夫妻俩生育了两个男孩。其时，他们家的景况，已远不及他爷爷和他父亲在世时宽裕，夫妻两人又都疾病缠身，日子过得清贫艰辛。他们苦苦挣扎，但轻薄的生命终究无力回天，没过多久，丈夫和妻子还有 4 岁的小儿子先后病逝，家中只留下刚满 7 岁的大儿子张尚品。

失去了亲人的张尚品，小小年纪就养成了倔强、坚毅的性格。邻里与亲戚看着孤独无助的小尚品，纷纷伸出援手。到了他 12 岁那年，也就是 1929 年，村里闹起了饥荒，全村人都陷入困境，不少乡民出外逃荒，有些还去了安吉、临安的大山里打工。穷困的日子同样影响到了张尚品，他被亲姑姑接到了诸暨。

他姑姑早年嫁到了诸暨应店街，那是一户开药店的人家，家境不错。张尚品到了应店街，没有在姑姑家享福，而是去给人放牛。放牛娃的生活，并非他所期望的，但至少不会让他挨饿，比起在村里饥一顿饱一顿的日子，已经强了许多。生活还得继续，他一天天艰难地熬着，放牛，打短工，做长工，苦水里泡大的张尚品，在应店街度过了他的少年时代。

诸暨多山，系浙东南和浙西北丘陵的交接地带。应店街一带正处于群山环抱之中，这里是革命武装经常出没和活动的地方。

1947 年的春天，张尚品在紫云乡紫阆村打工。一天，一支队伍来到了村里。他听村里人说，这支部队是共产党领导的人民武装，是为了解放劳苦大众，消灭剥削阶级，推翻国民党统治，让普天下的老百姓过上好日子的队伍。得到这一消息后，他激动不已，当即就去找部队的领导，要求参军。当首长了解到他坎坷的身世后，同意了他的请求。也就是从那一天起，他走上了革命道路，成为会稽山人民抗暴游击司令部的一名战士。会稽山人民抗暴游击司令部是浙东人民解放军金萧支队的前身，它以浦江、诸暨、桐庐、富阳毗邻地带为作战中心，积极开展游击战，消灭国民党武装的有生力量。

那时候，在江南一带，国民党军队占有绝对优势。张尚品所在的路西县武工队，处境相当困难，为了躲避敌人的追击，部队在大山里与敌人周旋，经常是白天躲在山洞中，到了晚上方可转移或出击。

张尚品个子不高，但身手敏捷，脑子灵活，作战勇敢。他在五年的军旅生涯中，参加过大小战斗四十八次，负过三次伤，流过无数次血，立过二等功。他是战斗英雄，为新中国的成立立下了汗马功劳。

张尚品同志的战斗经历非常丰富，他曾经对他儿子张又法说："战争是残酷的，子弹是不长眼睛的。"

从小营养不良的张尚品，成年后，身高还只有一米六二，这对于他来说也许并非一件坏事。有一次，部队接到上级的命令，去富阳某地打伏击。战斗打响后，惊慌失措的敌军，边打边撤，他们凭借武器的优势，用火力压制住我军的追击，最后敌人丢下了一部分武器和几具尸体，退回到镇上。在那次战斗中，张尚品的军帽被敌人的子弹给打飞了。事后他开玩笑地说，幸好自己个子矮，要是再高上两公分，这脑袋就得开花了。

经历了无数次战斗洗礼后，张尚品成为小分队队长。在战场上，他不怕牺牲，不顾个人安危，冒着敌人的枪林弹雨，奋不顾身地营救战友。

那是 1948 年 6 月的某一天，路西县武工队在诸暨十二都南前岭与国民党军队遭遇，敌我双方旋即展开了激战。敌人用迫击炮向我阵地轰击，当时有六位战士为了躲避炮火，躲进了一个小山洞里。可谁承想，一发炮弹正好落在了洞口，顿时洞内洞外烟雾四起，洞中的六位战士生死不明。怎么办？眼看着战友们生命有危险，在这紧要关头，张尚品不顾一切地冲向山洞。当他刚跑到洞口，敌人的又一发炮弹在他不远处爆炸，一股强大的气浪将他掀翻在地。他抖掉身上的泥土，想爬起来，可怎么也站不起来，他发现自己在流血，前胸与后背有剧烈的疼痛，他坚强地继续往山洞口爬去。当他把六位战友一个个背出洞口后，他的膝盖已全都磨烂了。

在这场遭遇战中，他身上三处负伤，腰部和背部被弹片击中，弹片一直留在他的体内，埋下了病根。时常复发的旧伤，整整折磨了他五十多年。在他去世后，骨灰里还捡出了两块小铁片。鉴于他在这次战斗中的英勇表现，上级给他记二等功一次。

张尚品很聪明，也很爱动脑筋。自从那次挂彩了之后，他就想着做一件防弹衣。他利用萧山、富阳一带盛产的土纸，将几十张纸叠在一起，再用绳子串起来，捆绑在身上，当防弹衣使用。说来也神奇，自从穿上了纸做的防弹衣以后，他就再也没有受过伤。

作为楼塔籍的战士，他亲身经历了解放楼家塔的那场战斗。

1949 年 1 月，随着北平和平解放，解放战争的三大战役宣告全部结束。2 月，中央军委做出决定，我人民解放军二野、三野，准备挥师南下，跨过长江天堑，解放全中国。3 月下旬，浙东人民解放军为迎接全国解放开始做准备，金萧支队接到上级指示，消灭驻守在楼家塔的国民党守军。

这一项任务由金萧支队二大队、江南县和路西县武工队共同来完成。三支部队当即组成了临时指挥部，经过周密考虑和精心部署，决定于 3 月 29 日攻打楼家塔。当时在楼家塔的敌军据点有三处，三头山的碉堡、茧厂、文昌阁。

茧厂大院，坐落在楼家塔村北，有一个五百平米的晒谷场，一座五间两弄走马楼，还有十间做茧的厂房。大院里驻扎有国民党军队一个连的兵力。

文昌阁，又称"八角凉亭"，位于楼家塔洲口桥东岸，是河上镇通往楼家塔必经之路上的一座关隘。文昌阁始建于明万历二十四年（1596），坐东朝西，分为台基和阁楼两部分。台基为四方形，高约有七米，用沙石和台条筑成。台基上是阁楼，三开间楼房，驻有国民党兵一个班。

根据作战方案，江南县武工队负责攻打三头山的碉堡，二大队主力正面攻击茧厂据点的守敌，路西县武工队攻占文昌阁，并担负阻击增援之敌的任务。指挥部要求参战的三支部队，务必在 3 月 28 日晚到达预定地点集结。

3 月 28 日，张尚品他们的小分队，跟随大部队（路西县武工队）从桐庐出发，途经富阳，于当天晚上赶到了楼塔佳山坞村待命。

第二天凌晨四点，战斗开始了。

张尚品带领小分队向文昌阁冲了过去，守敌一看情形不妙，放弃了抵抗，携枪逃窜，路西县武工队迅速占领了文昌阁。后来，几支小分队又赶往茅庵凉亭，在那儿阻击从河上镇赶来的国民党萧山县大队。几声枪响过后，敌人害怕中埋伏，马上撤回了河上镇。

而此时茧厂的战斗还在进行着，场面十分激烈，交战了近五个小时，敌人还在负隅顽抗，最后我军采用火攻，将守敌打垮。整场战役，击毙敌军十余名，俘虏四十余名，缴获机枪两挺、长短枪五十余支，以及一大批军需物资。

中华人民共和国成立前期，张尚品在部队还参加了萧山县剿匪反霸、消灭国民党散兵游勇的几场小规模战斗。1949年9月，他光荣地加入了中国共产党。金萧支队整编后，他被分配到桐庐县窄溪区武装班担任班长。1952年9月16日，他退伍回到原籍楼塔镇岩上村。

张尚品回乡后，人民政府曾安排他到宁波铁路部门工作。由于没有文化，适应不了那里的工作，最后在他的再三要求下，回到老家务农。

在这个世界上，还有一些人没有忘记他，那就是当年被他从战火中救出来的六位战友。他们中有三位是诸暨人，一位是新安江人，一位是朱村桥人，还有一位是嘉兴人。2004年，那位嘉兴的老战友为了谢恩，曾让他在省里工作的儿子来岩上村找张尚品。那天，张尚品的儿子张又法不在家，去了萧山。来人寻找张朝品（这是张尚品在部队上用的名字），村里人都说没有这个人。其实，张尚品同志已于2002年去世，享年八十五岁。

在这里我简要介绍一下张尚品同志回乡以后的一些情况。

操着一口浓重诸暨口音的张尚品，为人正直、善良，生活简朴，一心为公，任劳任怨，从不计较个人得失。1954年他担任岩山乡乡长，1965年担任岩上村党支部书记，1969年担任岩上村党支部副书记。

从岩上村村委会出来，我的心久久未能平静。我们千万不能忘记，是革命先烈抛头颅、洒热血，才换来了我们今天的幸福生活。

我慢慢地把心绪放松了下来，缓步登上百药山，站在高处回首，俞家祠堂、元度仙踪、摇头石、龙桥、龙尾巴潭、仙岩湖、龙头石、百花亭、全善廊、仙人阁……已经全在我的身后了。

山村泛着绿意，目力所及之处，山色翠微，灵动的溪水，一路向东、向着远方。我举起了右手，致敬，那段流逝的岁月，致敬，老战士张尚品。

英雄不提当年勇

——记楼塔人俞水高

文 / 郑国芬

一

楼塔镇岩上村人俞水高很小的时候就父母双亡，家里兄弟姐妹五个，常常是吃了这顿，就没了下顿。为了生存，俞水高十来岁就离开家，去临安一地主家放牛。

尽管起早摸黑当放牛娃对一个十来岁的小孩来说很辛苦，但这样，至少可以吃上一口饭，活下去。

如果那天不是遇到路过的新四军部队，少年俞水高也许就这样，在地主家放几年牛，稍长大后，回村里，娶妻生子，靠自己的力气，养家糊口，延续祖辈们世世代代平凡的命运。

也许是上天安排俞水高要有不平凡的人生经历。

那天，少年俞水高跟往常一样，牵着那头笨重肥硕的老黄牛在田间放养，突然看见一群穿着绿色军衣，头戴绿色檐帽的人走来。这些人看上去是那样特别，跟俞水高见过的村里人不一样。他们走路姿势笔挺，眼神炯炯，帽子上的红色五角星闪闪发亮，每个人肩上还扛着枪。

是当兵打仗的人！

俞水高一眼就看出来了。

那样的威武气势，是少年俞水高从来没见过的。不免立在田间，看得出了神。

看着齐刷刷的新四军快走远了，俞水高不知从哪里来的勇气，放下牵牛的绳子，快步追上去，怯生生地问：

"同志，我能不能跟你们去当兵？"

"能啊！跟着我们当兵，能管你有饭吃。"

"能管你有饭吃。"这句话对时常被饥饿折磨的少年俞水高而言，像是一块强大的吸铁石。

那是 1945 年 2 月，一个天寒地冻的冬天，年轻的俞水高接过新四军同志发给他的一支枪、一套衣服、一床棉被，毅然走出地主家，在临安参加了新四军。

从此离开家乡楼塔，开启了自己八年跋山涉水生死未卜的革命人生。

1926 年出生的俞水高，算起来，那年正好十九岁。

在楼塔镇岩上村村委会的会议室里，曾当过村干部的七十五岁老人张雪法，这样跟我们描述当年俞水高参加新四军的缘由。

二

1945 年 2 月，抗日战争已接近胜利的尾声，加入新四军的俞水高，先是在临安跟着部队打日本鬼子。8 月，抗战胜利，便去宁波四明山革命根据地，随军北撤山东。随后，俞水高参加了载入中国革命史册的著名的淮海战役和渡江战役。

淮海战役，是解放战争时期中国人民解放军中原野战军、中国人民解放军华东野战军在以徐州为中心，东起海州（连云港），西至商丘，北起临城（今枣庄市薛城区），南达淮河的广大地区，对国民党军队进行的战略性进攻战役。

淮海战役是三大战役中的第二个战役，也是解放军牺牲最大、歼敌数量最多、政治影响最大、战争样式最复杂的战役。

渡江战役，也称京沪杭战役，是解放战争时期，中国人民解放军第二野战军、第三野战军和第四野战军一部，在长江中下游地区对国民党军进行的规模巨大的强渡江河战役。1949 年 4 月 20 日，中共中央军委决定以百万大军发起渡江战役，夺取国民政府的政治经济中心南京和上海。至 1949 年 6 月 2 日结束，历时四十二天，人民解放军以木帆船为主要航渡工具，一举突破国民党军的长江防线。

史料上这样记录俞水高曾参加的淮海战役和渡江战役。

"那仗打得，百万大兵过江，整个长江水啊，都被染得通红通红。"张雪法老人小时候难得听俞水高老人讲打仗的事，而对这个血染江水的画面，仍记忆犹新。

"当时俞水高在部队里是通信兵，属于后勤兵，要在各个连队间奔走送信件。他复员回来后，我亲眼见他，骑二十八寸自行车，只一只脚踩着脚踏板，一个弯腰闪身左转，捡起地上的一封信，或一个小小的一分钱硬币，飞快骑过去，当中都不停下来。"

"那边炮火连天打着仗，这边十万火急要把信件及时送到另一连队，虽然不是前线冲锋兵，那身手和胆量，也不是一般人能做到的。"

三

1953年退伍回到家乡楼塔的俞水高，很少在人前说他那几年参加新四军的经历。即便是后来成家，也不在子女们面前多谈。俞意方只记得小时候父亲有很多勋章，都给他们兄弟姐妹几个当玩具玩丢了。

我很想坐在老人家面前，亲自听他讲讲那段特殊的人生经历。这样，我可以用我的拙笔，把他的亲历一字一字记录下来。饮水不忘挖井人，我们现在过上了幸福安康的美好生活，又怎能忘了前辈们曾付出的血和汗，甚至生命？

遗憾的是，老人家已于十年前离世，只留下这些片言只语，供后辈们缅怀。

中华人民共和国成立后，在部队里当班长的俞水高其实是可以留在部队发展的，但因为家里几个孩子要养活，妻子一个人无法承担，他就复员回来了。俞水高因为没有文化，在村里被安排务农，曾先后做过山林管理员，岩上大队贫下中农协会主任，过起了一个普通农民的生活。

但他又不是一般人眼里的农民了，他的骨子里，已经深深植入了经战火淬炼后非普通人的个性。

"父亲在我印象中为人很低调，非常能吃苦。印象最深的，是我在萧山中学读高中这几年。每个星期六回家，本来是星期天晚上回校，但那时家里贫困，为了能多留一晚帮家里干点活，我都要住到周一早上才回校。当时家里没有闹钟，爸爸为了保证我上学不迟到，又为了让我多睡一会儿，星期天整个晚上不睡，夜里坐着看月亮和星星在天上的移动估摸时间，然后叫醒我。这样整整三年，现在想来，我每次回家对他真是一种折磨。"

"父亲的性格，是村里有名的刚烈耿直的。他管山林，决不允许别人偷摘一颗桃子、一颗李子。这样一板一眼的个性，经常会得罪很多人。对子女，他的要求更严，无论生活中还是学习上，都不允许我们偷懒。哪怕犯一点点小错误，也不行，都要被他批评。所以我们兄弟姐妹几个受他影响，做人都很诚实、正直，而且很团结。那时候觉得父亲太过严厉，现在想来，父亲是对的。"

二儿子俞中欢，现在是杭州长运运输集团有限公司党委书记，说起父亲，满是钦佩和愧疚。

四

地处萧山最南片的楼塔镇，崇山峻岭怀抱，茂林翠竹遍布。此地环境清幽，民风淳朴，在烽火连天的战争年代，曾涌现许多诸如楼曼文、蒋英武这样令后代敬仰的革命人物。

这个初夏，我跟着楼建文和陈亚兰两位老师，一起驱车前往楼塔，采访和探寻湮没在历史长河里，尚不被人知晓的更多楼塔革命人。

对于俞水高的采访，由于当事人的离世，加上历史的变迁，并未如我所料想的那般顺利。

村里的联系人只提供了有限的一些资料，亲属子女们，也大多因当事人在世时所谈不多，而知之甚少。我甚至跑去萧山档案馆查询，也被告知没有。我想，对于这些亲历战场的革命人，如果早几十年去挖掘记录，是不是就不会有这样的遗憾？

回去之前，我们去村里逛。

近几年，因美丽乡村建设，村庄的面貌早已脱离了早先的农村印象。一路走来，眼前道路干净，绿化葱郁，身后竹林萧萧，山风盈盈，让人心旷神怡。家家户户院里花草开得怡然，庭前农作物长得欣荣，而迎面走过的村民，更是神情安然，微笑着与我们这些闯进村来的陌生人点头招呼。

那一刻我突然释然。世事沧桑，多少的历史，都这样被湮没在时间里。无数的革命先辈，有多少被世人记住？大概只有少数吧。而大多数的人，像俞水高一样，是默默的，不为人知的。

作为后辈，我们唯有珍惜当下，过好现在，才真正对得起这些革命先辈当年的浴血付出。

"萧山好人"俞友生

文/陈亚兰

听说楼塔有这样一位老人，心怀大爱之心，奔走在慈善路上，在2022年被评为第一季的"萧山好人"。

我怀揣着无比的敬畏，有幸来到老人家中，只见一位精神矍铄、衣着朴实、腰板笔挺的老人迎我而来，与我握手。虽老人的双耳已背，但慈祥的目光中仍透射出顽强的英气，饱含风霜的脸上写满了岁月的故事。

俞友生，家住楼塔镇岩上村，出生于1931年6月。他亲历过战争、饥寒、困苦。走过了近一个世纪的岁月，他的幼年在日军烧杀抢掠的抗战时期。

1937年日本帝国主义发动了全面的侵华战争。不久，杭州、富阳相继沦陷，钱塘江南岸的萧山成了浙东抗战的桥头堡，隔江与日军对峙。楼塔成为抗战行军的必经地、物资运送的中转地和敌后抗战的支援地。俞友生没有五彩斑斓的童年，有的是苦难、战乱、鸡犬不宁、挨饥挨饿的灰色童年，萌生在心底的是一棵反抗的幼芽。

经过全民族的浴血奋战，1945年8月，我们终于迎来了抗日战争胜利。他去岩上村小学上了学。其间受到"宁以义死，不苟幸存"抗日宣言的熏染，从此他年少的心底埋下了保家爱国的种子。

俞友生仅读半年书就戛然而止，内战爆发了。俞友生（以下简称"俞老"）全家人命悬一线。为了求生存，在1946年下半年，俞老随父母离开山里山弯里弯的岩上村。一家人一边走一边寻觅帮活。渴了，溪沟或小河边捞点水喝；饿了，拔一些野草根嚼着充饥。一家人走了两天三夜到了临安，找到可以帮活的一家。饭是有一口吃了，但生活仍是艰难。每天早上挂霜出门，晚上披星回家。干活中稍事喘息或不称主人心时，即受狗腿子的皮鞭抽打。俞老一家人处在一间破舍里，一遇雨天，外面下大雨里面飘小雨，屋里空空如也。俞老两兄弟，合穿一条短裤和一条长裤，哥穿长裤时，他只能穿短裤，俞老穿长裤时，他哥穿短裤，过着苦不堪言的生活。

度日如年中总算盼来了解放，穷人彻底翻了身。俞老一家本来打算回家。这时，巧遇了驻守临安的一支解放军部队，部队有人问俞老的哥哥："你想当兵吗？"他哥哥高兴地回答说："我要当兵。"这样，俞老的哥哥就跟着解放军去了。回来，哥哥一身戎装，气派威武。俞老在哥哥身旁，煞是羡慕。从此两兄弟结束了合穿一条裤子的日子。

正当大家还沉浸在喜庆美好的日子里的时候，美帝国主义悍然把战火烧到了鸭绿江边，以粗暴行动干涉朝鲜内政，侵入朝鲜。1951年2月，俞老义愤填膺，要求上前线打击侵略者。他在临安报了名，成为中国人民志愿军战士。他当年从军的愿望是要上前线参加抗美援朝，保家卫国做一名英雄。组织上根据需要，把他安排在后方医院做卫生员。他几次提出要上前线，团里领导对他说："你在团里治疗伤员，这就是前线。"俞老看到自己手上拿的是白布单、剪子、消毒瓶，而前线战士拿的是手榴弹、步枪、炸药包，团里怎么说我们这里就是前线？他心里升腾起一个个问号。看到扶进来的都是和敌人殊死搏斗、身经百战的伤员，俞老听他们讲述杀敌经历：战场上炮弹从头顶上嗖嗖飞过，一只只胳膊和一条条腿落在不远处，一些横飞的血肉掉在身边，怎样从尸体堆里爬出来但少了一条腿，又怎样奋不顾身从敌人手中夺下枪支，架在被炸死的战友尸体上来扫射敌人。俞老听得不是"怕"字，而是心底结成了"爱"和"恨"字。每当激动的时候，他浑身血液沸腾，梗着脖子喊出："我要上战场！"有伤员问他："你不怕死吗？"他说："我来当兵就不怕死！"其实，他早期在心里萌生的理想和抱负，像泥土下的春笋蹭蹭往上长。他几次捏紧白布单狠下决心说："我要打美国佬！我要做英雄！我要保家为国！"

他的愿望，他的真诚，终于感动了部队领导。1953年2月，上级批准他加入中国人民志愿军27军80师238团3营12连。他激动地挎起背包，扎紧绑腿跟着大部队日夜行军。行军时每走五十分钟休息十分钟，饿了渴了都得服从命令，只有到达目的地才能充点饥。哪怕是早上出发，到达目的地在午夜，饥肠辘辘中也只能熬到午夜才能吃上一点粮食，伙食中最多的是山东大萝卜。他随部队到了吉林省集安县，正是鸭绿江边上。冰天雪地中气温都在零下三十多摄氏度，戴上的口罩中呵出的热气都冻在眉毛上，两条眉毛成了两截硬硬的冰条，头上鸭舌帽的帽檐冻成一个头箍，你若想去移动一下帽子，犹如掀头盖骨一样疼痛难受。部队在鸭绿江边强化训练，时刻准备随中国人民志愿军部队入朝参战。他心里无数次地哼着"雄纠纠，气昂昂，跨过鸭绿江。保和平，卫祖国，就是保家乡"。谁知，美军突然提出要和志愿军停战。1953年7月27日，停战协定签字。他们部队出发时，都有宣言，"活着干，死了算"，活着要为党奋斗，死了是为祖国献身！如今鸭绿江在面前，俞老都没能从晃荡的桥上跨过去。俞老在冰天雪地里枕戈待旦，将近一年，当听到命令，随部队撤回时，心里很是难受，原本满腔热血中深藏着一颗报国之心却未能如愿。

1954年下半年，俞老服从命令调往上海警备部队2团8连，当年被提为上士班长。虽然没有实现上战场的愿望，但他报效祖国的赤胆忠心没变，他继续认真踏实工作，党叫干啥就干啥。不久在组织的培养和考察下，他在1956年6月光荣地成了一名中国共产党党员。我问他，当时的心情如何？他哽咽了，红着眼眶说："激动，我有今天！"

1957年4月，他从上海警备部队复员回到了临安。俞老就在临安钢铁厂做起了工人。1960年结婚成家，说起婚姻，他再次哽咽，原来鸭绿江边冰寒彻骨，他冻坏了身体，结婚不生娃。他心情十分低落。突然有一天，他想到，曾听说有不少战士在长津湖地区被冻死，因那边的天气要比集安县鸭绿江畔恶劣，他们都为祖国埋骨他乡。今天能活着已算是幸运了。他说，几次遇上困难也好，人生困境也罢，只要想起上战场的战士，自己的事就是小事了。两年后他离了婚。离婚后有战友知悉他的情况，前来与他说，像他这种情况，他们战友中有不少，可以去求医吃中药，是能治愈的。俞老听了，服用了几年中药调理后，确实一切都恢复了正常。

1964 年，岩上村有人带信给他，说他父亲生活已经不能自理，他最好能回老家去照顾他老人家。俞老听后，马上给钢铁厂领导写了辞职报告，离开临安钢铁厂回到了岩上村。俞老看到多年不见的两间泥墙平房，墙泥已经剥落，仿若与父亲一样，每个沟壑中都嵌入了岁月的风霜。无论怎样，老家是根，听到乡音心里就充满了温暖。

一身正气凛然的俞老回到村上，不久被岩上村选拔为民兵连长。他带领全村年轻村民训练。可以说那时的年轻村民，向右转向左转都难以弄清。经俞老带领不断训练后，一个个成了精英，打靶精准。在"文革"中，刚正不阿的俞老经受了不少拷打。后来他成了一名普普通通的农民，投身于农业生产中。当时农村的条件比较艰苦，可是他从来没有任何怨言，也没有向村里提过一点要求。

俞老 1966 年再次成家，生了三个儿子。现在俞老生活很知足，脸上洋溢着幸福的笑容。大儿子在杭州，小儿子在萧山工作。二儿子因为脑颅肿瘤切除，眼神经受损而双眼失明，和他一起住在岩上村。三个儿子都成了家，孙辈也都大学毕业了。俞老目前每月两千七百元钱，经济并不宽裕，生活过得很节俭，住的还是 20 世纪七十年代建的房屋。

我以为耄耋之年的俞老一定孤僻寡交，哪知他仍在关心国家大事。2010 年从电视上看到玉树地震时，他把省吃俭用积蓄下来的两千元钱捐赠给灾区人民。从此，他从百元到几万元，一次次捐赠给贫困户和需要帮助的人。

十几年来，他热衷于慈善事业，持续捐款十几万元，成了楼塔镇慈善分会的一位常客。他说帮助了需要帮助的人，自己心里感到特别欣慰。他是一位有着60多年党龄的老兵，心中珍藏家国情怀，以大爱诠释他的初心，彰显了一个老兵的本色。

我问他，为什么要这样做？他第三次哽咽了，在小白纸上写着："为党奋斗，止一为正。"放下笔红着眼眶与我说："我感谢党，感恩祖国！没有新中国，我没有今天。现在我是在享福！"

时光在无形的浪沙中流去，但俞老的初心，像岩上村的青山绵延，像小溪泉水源远流长！

楼曼文，岁月深处的"轻歌曼舞"

文 / 陈于晓

一

楼塔溪肯定早已不是旧年的模样了，但溪水一如既往地潺潺着，岁月总是在不动声色之中，静悄悄地变化。流年似水，云聚云散之后，只有炊烟生生不息。楼塔溪水两岸，草木葱茏，人家宁静。过洲口桥，就入了水墨的楼塔老街。这些年，楼塔老街已成为人们休闲度假的好去处。楼曼文纪念馆，就坐落在老街上，来到楼塔老街的人们，总会去瞻仰一下楼曼文烈士。

从 1908 年出生到 1949 年离世，楼曼文的一生，是短暂的，仅仅四十一年，也是波澜壮阔的，留下了可歌可泣的事迹。20世纪 20 年代，风起云涌，楼曼文从学生时代就投身革命的浪潮，成为一名理想坚定的中共党员，担负起了神圣使命，为中国革命的成功，为中华民族的解放，奉献了毕生精力，她在惊心动魄的中央特科工作中，以及中国早期妇女运动与革命事业中，都做出了重大贡献。

以年代为序，这是楼曼文烈士的履历。

1908 年，楼曼文出生于楼塔镇一个叫儒坞的小山村（今雀山岭村境内）；1924 年，在浙江省立女子师范学校学习；1925 年，参加杭州学生联合会；1926 年，加入中国共产主义青年团；1927 年，在浙江工大预科班学习，后转入上海艺术大学学习，到上海以后认识蔡叔厚；1928 年，加入中国共产党，并与蔡叔厚结为革命伴侣；1929 年，任中共上海闸北区委常委兼妇女部部长，加入"中共中央特科"，赴日本短期留学；1931 年，受党中央和共产国际远东情报站派遣赴日本工作；1932 年，在莫斯科列宁学院学习，后因"顾顺章事件"受到牵连，被迫与蔡叔厚解除了夫妻关系，离校下放工厂做工；1938 年，被解除怀疑，恢复组织生活；1939 年，在莫斯科共产国际党校学习；1941 年，从莫斯科回国参加抗战，滞留在新疆，去迪化女中任教，与方志纯结为夫妻；1942 年，被新疆军阀盛世才关押，在监狱里开展斗争；1946 年，经营救回到延安，任中共中央社会部政策研究室研究员；1947 年，在晋西北一带参加土地改革试点工作；1949 年，积劳成疾，在河北省平山县西柏坡东黄泥村去世。

楼曼文烈士是一位早在中国大革命时期就开始参加革命的党员，她参加过"五四"后期的学生运动，20 世纪 20 年代末到 30 年代初，在上海参加中央特科工作，是我党当时秘密战线上为数不多的女情报工作人员之一。她在短短四十一年的人生经历中，不仅与中国共产党的发展壮大密切相关，也与许多中共高层相交相知。但楼曼文的许多事迹，也许已被"淹没"。正如楼曼文的儿子方荣欣在回忆母亲时所说过的，母亲楼曼文的传记，恐怕是难以成文的。一来是因为她去世得早，更重要的原因是楼曼文长期工作在特殊战线，她的档案还没有解密。"人们只能够从她的少数战友那儿，了解到她的一点点情况，很难为其著书和全面评说。也许，这就是隐蔽战线，我们的无名英雄们的宿命，这就是他们崇高精神的体现吧。"方荣欣说。

<h1 style="text-align:center">二</h1>

一方水土养一方人，山清水秀的楼塔，孕育出了许多杰出人物。1908年，楼曼文出生于有着浓厚书香味道的小山村儒坞。她的父亲楼卓夫（1866—1943）是清末学人，通医学，曾是国民党要员邵力子的私塾老师，历任黑龙江省大通县，安徽省凤阳县、婺源县等地知事。抗战期间，楼卓夫回乡开办义学、义诊，是楼塔镇有名望的乡贤。

楼塔一带，人们注重"耕读传家"，对教育相当重视，幼小的楼曼文就深受影响。楼曼文的堂妹楼昭园回忆说，少年楼曼文特别孝顺奶奶。曼文十五岁那年，奶奶已经八十二岁，奶奶年高体弱，又因为脚被缠成"三寸金莲"，出门需要搀扶，大小便需要照料。曼文就承担了起来，每天为奶奶舀好热水，洗脚按摩。奶奶有事总叫她，她也很听奶奶的话。曼文是个很善良的人，少年时遇事，她喜欢打抱不平。当时村上有个绰号叫"赖子"的地痞，经常白吃白拿人家东西。有一天，"赖子"看上了一条鲜活的大鱼，拿起就走，卖鱼者知道"赖子"的"厉害"，敢怒却不敢言。曼文见了，一把夺下了"赖子"手中的大鱼，并对"赖子"进行了痛斥，"赖子"不声不响地离开了。

曼文从小就特别容易接受新思想新观念，寻求真理，追求进步，养成了倔强、正直的性格。十四岁那年，她成功反抗了父母包办的封建婚姻。在杭州求学期间，她结识了杨之华。杨之华（1901—1973），中国妇女活动家。当时，曼文常常从杨之华那里借阅进步的书报，很快，她就接受了妇女运动等新思想、新风潮。当时的中国政局发生着巨大的变化，在学校，"五四新文化运动"风起云涌。楼曼文积极参加反帝反封建游行示威和各种进步活动。男女平等、妇女独立的新观念，在少女楼曼文身上深深扎下了根。在早期的中国，没有出嫁的姑娘是要留长发的，楼曼文为表示与封建思想决裂，向封建势力宣战，剪短了自己的一头乌黑长发，并且决定投笔从戎，前往广州参与革命运动。当楼曼文把自己要去广东当兵的秘密告诉杨之华后，杨之华对她说："曼文，你的决心很好。可是要为中国办的事，还多着呢。你现在一则年龄还小，去了人家也难办，二则眼下就有许多工作等着我们去做。"

1926年，楼曼文加入了中国共产主义青年团，由于她参加学生联合会和各种进步活动，成为当局的搜捕对象。1927年，她不得不中断在浙江工大预科班的学习，转到上海艺术大学就读。从此以后，楼曼文永远摆脱了家庭为她的人生所作的安排，义无反顾地踏上了革命的道路。

在上海艺术大学就读期间，楼曼文结识了她的革命引路人蔡叔厚。蔡叔厚（1898—1971），20世纪20年代在上海创办绍敦电机公司，1927年加入中国共产党，1929年进入中央特科，与楼曼文成为革命伴侣。在蔡叔厚的培养和帮助下，1928年，楼曼文也加入了中国共产党，投入到艰难危险的地下工作中。楼曼文在中央特科交通科工作，成为在秘密战线上为数不多的女情报工作人员之一。楼曼文时常需要伪装成被害人家属到监狱探监，或传递情报。同时，她还担任着中共上海闸北区委常委、妇女部部长，经常深入到一些纺织厂开展妇女工作。

当时，蔡叔厚以企业家的身份立足上海，遵照党中央指示，以自己开设的上海绍敦电机公司为掩护，秘密制造无线电台，楼曼文全力协助丈夫工作。1929年，两人终于成功制造出了第一批无线电收发报机，使党组织建立了无线电通信联系。

在这个时期，楼曼文对斗争和未来充满了信心，当年，她在写给她三姐的信中曾提到，"世界上不久有千万成群的热血飞腾的青年要起来解决黑暗残酷的社会，那时我们一定很快乐的携着手向乐园中徘徊了"，"我要奋斗，直到新社会出现不止"。

三

时间进入1931年，楼曼文受党中央和共产国际远东情报站的派遣，东渡到日本开展情报工作。1932年，她抵达向往已久的莫斯科列宁学院学习。在列宁学院，她勤奋刻苦地学习革命知识，在较短时间内就掌握了俄语，同时及时完成党组织的各项任务。但由于当时在国内，发生了"顾顺章叛变事件"，她的革命伴侣蔡叔厚因此受到怀疑，她忍受着内心极大的痛苦与蔡叔厚解除了夫妻关系，还被停止组织生活和学籍，下放到莫斯科郊外工厂劳动。直到六年以后的1938年，经组织查实，蔡叔厚并未叛党，饱受折磨的楼曼文才被恢复组织生活，回到了同志们中间。当时党组织安排她一边治疗疾病，一边到莫斯科国际党校参加学习。其间，楼曼文争分夺秒地学习，准备投入到新的抗日救亡斗争中去。

在共产国际党校学习期间，楼曼文与同班同学方志纯相识。1941年，他们按照组织安排，回到新疆迪化（今乌鲁木齐市）。楼曼文化名崔少文，在迪化女子中学当了一段时间的俄文教员，以教师身份开展革命工作。她和方志纯从相识到相爱，经过组织批准结婚。1942年，楼曼文与一百多位中共党员一起，被新疆军阀盛世才关进监狱。在长达四年多的时间里，她与同监的杨之华等一起，始终保持共产党人的崇高气节，在狱中与敌人展开了顽强的斗争。楼曼文在党的秘密组织生活中表态说："我们浙江出了个秋瑾，是女中豪杰。我是共产党员，更要为真理坚守我们的气节，宁死不屈！"当时狱中党组织提出一个口号："抗日无罪，百子一条心，集体回延安。"

在狱中，有一天，女牢的看守通知楼曼文，说内地有一位姓蔡的老板派人来看她，并且要求把她保释出去，楼曼文马上意识到这个蔡老板，很可能就是蔡叔厚。她立即向女牢秘密党组织负责人杨之华汇报了这个情况，以及她的判断。杨之华认识蔡叔厚，她知道蔡叔厚在与党组织失去联系后，独自在上海商界发展。但当时蔡叔厚的政治面貌如何，她们已不了解。况且当时在新疆入狱的人员，提出的口号是一起回延安。杨之华同意了楼曼文的判断，于是楼曼文答复看守，自己根本不认识蔡叔厚这个人，拒绝保释出狱。

1946年，国共两党开始谈判，国民党被迫释放我党在新疆被关押的干部和他们的家属。楼曼文和战友们实现了在狱中的誓言，回到了延安。由于多年来所受的折磨，当时楼曼文的身体，已经十分虚弱，并患上了多种疾病。回到延安后，党中央决定让她好好休养，但她坚决要求分配工作。在她的再三请求下，被安排到中央社会部政策研究室任研究员。当时，社会部的老领导十分关心楼曼文的身体状况，动员她去敌占区天津或北京等大城市治疗，可是都被楼曼文拒绝了。她十分清楚自己的病，已经发展到了晚期，时日不多了，她不想在人生的最后时刻再与组织、同志和亲人们分开。

1947年，楼曼文又带病坚持深入到晋西北一带参加土地改革。这时，她已患上了癌症，吃饭说话都觉得很困难，可她仍然强忍着疼痛，坚持和同志们一起转战于晋察冀边区。1949年2月，终因病情恶化，楼曼文倒在了工作岗位上，病故于河北省平山县西柏坡的东黄泥村。20世纪50年代，因为当地要修建水库，楼曼文的墓被迁至石家庄市华北军区烈士陵园。在烈士陵园里，记载着一位萧山籍烈士的信息："方朗同志，浙江省萧山县人，一九〇八年生，一九二八年入党，在白色恐怖下从事党的工作。后入莫斯科列宁学院学习，一九四二年被新疆反动势力逮捕入狱，她坚贞不屈。一九四六年出狱后在工校训育处工作，一九四九年病逝，年仅四十一岁。"方朗，是楼曼文的化名。

1952年，楼曼文被追认为革命烈士。楼曼文的一生，定格在了四十一岁的生命里。她见证了中国共产党从弱到强的过程，在与黑暗社会的较量中，她隐姓埋名，无惧生死，为中华民族的解放事业奉献了一切。如今，她的许多档案仍未解密，更多留存在那一条特殊战线上的她的故事，也许将成为永远的秘密了。

四

为了缅怀和纪念先烈，楼塔镇人民政府选取一处清末民居，修缮布展为楼曼文纪念馆。2018 年 11 月，楼曼文纪念馆正式成立。纪念馆建筑面积六百六十多平方米，展陈分"求真理，女中学习；为理想，投身革命；受派遣，海外浮沉；滞新疆，监狱斗争；获自由，力疾从公；现曙光，英烈长眠"六个板块，用实物、展板、场景复原、油画、连环画、视频资料等形式，全方位、多角度地展示了楼曼文烈士光辉的一生。2018 年 11 月，楼曼文纪念馆被命名为萧山爱国主义教育基地，2019 年被中共杭州市委党史研究室列为杭州红色博物馆联盟成员单位。

楼曼文故居在楼塔镇雀山岭村，坐北朝南，为正房、东西厢房、门廊组成的四合院式格局，占地面积约四百平方米，建筑面积八百平方米。正房面阔三间，重檐二层楼，阴阳小青瓦。原正房东西两侧各置有小院落及偏房。天井卵石铺地。现正房西次间及偏房、西厢房已被拆除。这一建筑是楼曼文父亲在民国时期建造的，是楼曼文童年居住生活之地。2017 年 8 月 25 日，被杭州市园林文物局公布为市级文物保护点。

在草木郁郁葱葱的时节，我又一次来到楼塔镇，感受这一方绿水青山，走进楼曼文的故事。我知道，这一脉波光粼粼的楼塔溪，在那些为革命东奔西走的岁月里，也会时时刻刻萦绕在楼曼文的心上。楼塔这方山水间，有着楼曼文那天真烂漫的光阴，留下了她那蝴蝶与菜花里的童年。无论走了多远，无论身在何处，楼曼文的根在楼塔，这是她所魂牵梦绕的故土。

据说，重病期间的楼曼文，常常思念着故乡。有一次，她躺在炕上，突然握着丈夫方志纯的手问：你见过钱塘江的潮水吗？钱塘江的潮水，涨涨落落。年年岁岁，农历八月十八，钱塘大潮壮观天下无。与楼塔溪的水声一样，这让人魂牵梦萦的钱塘潮声，在夜深人静之时，总会响彻在楼曼文的心上或者梦中。

钱塘江的女儿
——纪念楼曼文同志

文 / 方志纯

一、西子湖畔寻求真理，少女立志剪断青丝

东风抚慰着夕阳，美丽的西子湖畔坐着一位少女。她完全没有注意到黄昏的降临，目视三潭，心绪万千。这已经是1925年了。中国政局发生着巨大的变化：孙中山在广州成立了革命政府，为统一大业北上；孙中山先生在北京病逝，国民党与共产党合作准备进行北伐……

才十六岁的少女楼曼文小姐，虽然生长在官宦富室家中，从未受过饥寒之苦，但是，她却越来越感到这个家庭的没落和委顿，她从中得不到任何精神上的支持。她渴求思想的食粮。

在学校里，曼文有一位女友，比她年长，也是世交。她的名字叫杨之华。曼文称她为"之华姐"。从之华姐那里，曼文偷偷借来进步的书报阅读，很快，曼文的心扉打开了一扇天窗，明亮起来。同时，也经常陷入沉思。

你看，太阳已经落山了，曼文还坐在湖边，她是思而忘返

了。倒是湖面四周的灯光不断增多，那万家灯火提醒了她——该回家了。

夜已深，曼文久久不能入睡，看看自己对面熟睡的亲密的三姐，那张贤淑的脸，真使曼文有些舍不得与三姐分开。曼文还是悄悄地起床打开了灯，三姐睡得很熟，一点感觉也没有，曼文宽心了，走到梳妆台前。椭圆形的镜子里现出了曼文紧闭着的嘴、微微高出的颧骨，以及乌黑的长发来。她的脸庞虽然谈不上俊美，但也不失秀气。她的头发结成一根大辫子，她提起辫子，剪刀一闪，"咔嚓"一声，镜子中的曼文变了样，她本人也为之一颤。1925年，又是在省城杭州，少女剪短发的固然少，但也已经不算是一件十分新奇的事情了。只是曼文这一剪刀下去，为的是表示自己要投笔从戎和去广州的决心，却也难得。

二、离开富家杭州天堂，为了理想走进工厂

曼文依旧在学校念书，并没有去当女兵。当曼文把自己要去广东当兵的秘密告诉杨之华后，虽说这个想法还有几分幼稚的气息，然而杨之华很看重。之华姐望着曼文新剪的短发，微笑着说："曼文，你的决心很好。可是要为中国办的事，还多着呢。你现在一则年龄还小，去了人家也难办，二则眼下就有许多工作等着我们去做。"曼文的眼里露出惊喜的光芒，急问："之华姐，你是……？！"杨之华怡然一笑，没有再回答她。

从此，曼文的前途来了个急转弯，她永远摆脱了封建家庭给她安排的人生，踏上了革命的道路。1927年1月，北伐军打过来了。曼文1926年已经成为CY（指中国共青团）的一分

子。她认识了蔡叔厚同志。蔡叔厚对她的帮助和影响，可以说是很大的，这一点可以从当年曼文给她三姐的信中看出："进校不久的你进步倒不少呢，以前你的信都是短短的，此信竟有五张之多，其中见得你的脑海不似以前的混晕了，不过重复处很多，姐姐，望你下次留意！姐，你喜不喜欢我这样做？把你的信改一下再寄给你……我的给蔡（指蔡叔厚）的信，他也是这样给我改了寄回。"

1928年，中国革命处于低潮。上海一片白色恐怖，曼文同志在这里成为指中国共产党的一员，投入艰难危险的地下工作之中，进行顽强坚决的战斗。

曼文与蔡叔厚真诚相爱，她写信说："我回家后父亲（有名无实的一个）还向别人宣布我有两大罪状：一是违反父母的婚姻；二是社会的叛徒。哈哈！他的话太不顾自己的脸了，为什么我的恋爱要他来参加呢？恋爱到什么社会及世界都是他们两个人的事，他哪有这种资格来管呢？我是社会的叛徒？他是社会中的什么？可说是造寄生虫的工具，家里的人个个养尊处优，不知对社会有点什么贡献？哼！他自不知道自己是社会中的罪人就罢了，还有这资格来说我吗?！"

其间，从曼文给她亲爱的三姐的信中，我们可以看到她对斗争和未来的信心。当然，也可以体察出一点，当时我们党的不少成员，由于对国民党反动派的极度憎恨等所产生的"左"倾急躁情绪。曼文的信中写道："姐，什么家庭！（指自己的封建家庭）简直是愁城，所以，我要奋斗，直到新社会出现不止。姐！为社会我可牺牲一切，因为我们亲爱的无产者的兄弟姐妹们苦已尝够了。姐！你即是被压迫的一个。姐呵！世界上不久有千万成群的热血飞腾的青年要起来解决黑暗残酷的社会,那时我们一定很快乐地携着手向乐园中徘徊了。姐呵!你切莫悲伤!静心等五六年的将来吧!"

曼文接受党组织的任务,到工厂当女工,进行地下斗争。她做了很多艰苦的工作。她不断成熟起来。曼文讲:人说苏州、杭州是天堂,我看不对。那是有钱人的天堂,无产者照旧像在地狱里受苦受灾。为了理想的乐园,我要在工厂里做好我的工作。

这之前和以后,在党的基层和领导机关,曼文同志都做了大量性质不同的工作,冒着生命危险,顶替被捕入狱的战友的亲属,到监狱探视,进行消息传递和营救工作。她担任过中共上海闸北区委的女工部部长,随后又被调入中共中央特科的情报组,以及共产国际远东情报站工作。她每到一处工作,都会以自己杰出的工作成绩,得到领导(包括邓颖超同志)的赞扬和肯定。

命运等待着她的,又将会是什么新的历程和新的考验呢?

三、取道扶桑告别祖国,接受任务前往苏俄

1931年曼文受党的派遣,准备东渡日本接受任务。至于什么任务,她一直没有对我说,我只知道她当时在上海的中共中央特科的情报组里工作。我后来才知中央特科情报组也是苏联的共产国际远东情报站的一个分支机构,远东情报站设在日本东京。曼文出国前想尽办法筹措经费,同时也是为了掩护自己的行动目的。曼文明确地告诉家人,自己要到日本留学去,目前正在上海某某夜校补习日语。她感动了家人,争取到了家人经济上的支持。曼文同时暗中抓紧学习俄语。当时她日语也在

学习。一则到日本停留多久她不知；二则当时中国没有完善的俄汉字典供学习，只能够买到俄日字典学习，好在那个时代，日文百分之七八十都是汉字或者它的变体（改良汉字），假名拼音字很少，很好认。她在上海买了一本日本出版的《俄日字典》，字典小巧，印刷和纸张都十分精良。这本字典后来伴随着曼文，度过了许多艰苦的岁月，是她学习俄语、日语的助手，跟了她一辈子。再后来，作为她的遗物一直保存着，中华人民共和国成立以后，它一直在我的家中被家人爱惜着、使用着，到"文革"期间才失去了。

曼文知道此次前往日本，很有可能还要去苏联接受任务和学习。她向往苏联的激情，并不亚于当年想投笔从戎参加北伐军的热情，只是现在她成熟多了。她脚踏实地做好了出国前的一切准备工作。这时候她已经在上海与蔡叔厚同志同居结合了。而蔡叔厚当时开办了一家电器行，对外称作蔡老板，以此为掩护，他是特科情报组的骨干力量。

洁白的海鸥紧随着一艘日本客轮的尾部盘旋，甲板上风很大。就要告别祖国母亲的怀抱，曼文望着渐渐远逝的上海外滩，此刻，她是多么想化作一只海鸥，再看一看情报组里共生死的同志们，再望一望工厂中同患难的无产者姐妹们！

在日本，曼文很少出去，她有着特殊的任务；同时，她与蔡叔厚爱情的结晶，肚子里的孩子即将降生，也不由她太多的行动。1932年，可爱的孩子生在日本东京，是个女儿，当时还没有给孩子起名字。

1932年，曼文终于踏上了苏联的土地，来到了日夜向往的革命圣地——莫斯科。为了完成任务，她分秒必争，不顾身

钱塘江的女儿

带婴儿的疲劳。她处处向苏联同志学习俄语，给自己起了一个俄文名字——方娘，同时给初生的女儿起了一个正式的俄文名字——罗拉，女儿的中文名字叫蔡洛文。

新的生活刚刚开始，她万万没有料到，国内发生了一件非常事件，差一点毁灭了在上海的中共中央机关；她万万没有预料到，这个非常事件，会让自己的命运急剧变化……

四、来到苏联国内起风波，受牵连下厂受审查

1931 年 4 月，顾顺章（当时中共中央政治局委员）在武汉被捕，并且很快就叛变。这就使得当时在上海的中共中央机关和领导人的处境极端危险。只是由于潜伏在国民党中统特务机关内部的钱壮飞等同志即时截获此情报，并报告给陈赓同志，而后在周恩来同志沉着果断的应急处理下，党中央才化险为夷。蔡叔厚当时以经商为掩护，"顾顺章事件"之后，他受到地下党的怀疑，党组织切断了与他的联系。

中国共产党把该情况通知了在苏联莫斯科的共产国际干部和中国共产党驻共产国际代表团。曼文同志很快受到牵连，党组织也怀疑到她。中共代表团决定将楼曼文从列宁学校转到莫斯科郊外的工厂当工人，停止她的党组织生活，让她接受审查。

曼文遭受到的打击，突然而且巨大，好端端的一下子失去了最亲爱的母亲——党的信任，又要忍痛与刚刚出生不久的女儿别离。曼文忍受内心的痛苦，吻别被安放在莫尼诺国际儿童院的女儿，默默地去做一个普通的、接受审查的侨工。同时，她被迫与蔡叔厚离婚。

曼文同志是这样想的，虽然自己是清白的，但是，眼前党组织一时难以调查清楚事实的真相，这是国共两党斗争的复杂性和残酷性所造成的，不应该有任何的怨言。

五、忍辱含屈终归无瑕，疗治身心重新归家

曼文在工厂做工，只能利用节假日去看望女儿。她每次去总会给孩子带点小礼物。可是，她见不到同志们，得不到组织的信任。这种孤独的痛苦，超过了亲人别离的悲伤，折磨着曼文同志的心灵。

曼文等待着，她相信，党组织一定会审查清楚，真相会水落石出。然而，等待的岁月是漫长的，年复一年。曼文的身体一年年变坏，变得虚弱，变得多病起来。

1938年，中共中央派出以任弼时同志为首的新一任驻共产国际代表团到达莫斯科。国内的政治形势是：民族矛盾上升，国共和谈成功，国共合作、共同抗日的新局面形成。上海的形势也跟着好转。上海党组织经过调查，查实蔡叔厚没有问题，因而曼文同志的问题，当然也就不存在了。9月，中共驻共产国际代表团将曼文同志接回莫斯科，同志们都来看望她。最使曼文惊喜的，其中竟有她的之华姐——杨之华。曼文在之华大姐的怀中久久不能平静。杨之华抚摸着曼文被折磨多年衰弱多病的身体，也很激动。

不久之后，党组织正式向楼曼文同志宣布，她的个人历史没有任何问题，恢复其党的组织生活，在这之前停止组织生活期间的党龄照算。远在异国他乡，在有苦无处申诉的情况之下，

曼文同志经受了五六年的委屈，她并没有因此对党不满，并没有做出任何一件有损于党的利益的事情，体现了一个中国共产党员的美德。

曼文同志重新归家，回到党的怀抱，回到了同志们中间。党组织安排她在莫斯科治疗疾病和疗养身体，并参加学习。当时她的身体很不好，病也很多。

在治疗期间，曼文同志如饥似渴地阅读，学习党中央有关国内革命斗争，以及建立抗日民族统一战线的文件，准备投入到抗日救亡的新的斗争中去。同志们经常看望她，大家总是劝她不要太累了，要注意身体。曼文同志常常笑着说："我失去的时间太多了，一定要补回来的！"

六、参加抗日回国心切，羁绊新疆军阀肆虐

曼文同志胖了。她基本恢复健康以后，参加了学习。她迫切要求工作，要求回国参加抗日战争。

根据国内斗争的需要，党派她和杨之华、苏井观、张子意，包括我等十几个同志回国。曼文为了工作的需要，把女儿留在了苏联。

1941年1月，我们一行回国途经新疆，正碰上国民党掀起反共高潮，到延安的交通线被阻断。根据党中央的指示，曼文同志和我们大家一道，在新疆迪化（现在的乌鲁木齐市）就地待命。

新疆军阀盛世才，当时还与我们党维持着统一战线的局面。因此，除了回国的少数同志之外，还有大批由延安派到那里去的干部分布在新疆各地。当时我党在迪化有驻新疆代表和八路

军办事处。

曼文同志到新疆，就化名崔少文。由于擅长俄文，她还在迪化女子中学当过一段时期的俄文教员，为新疆的教育事业做了一些工作。其间，我与曼文在彼此了解的基础上，感情成熟了，经过党组织的同意和批准，我与曼文同志在新疆迪化结婚成为夫妻。

1941年底到1942年上半年，形势开始恶化。国际上，苏德战争吃紧，德国希特勒的军队占领了苏联的乌克兰、白俄罗斯等大片国土，德国中线部队的前锋，距离莫斯科最近的只有几十公里。在国内，日本侵略军大肆对我党的抗日根据地进行扫荡；国民党蒋介石派宋美龄、董显光到新疆拉拢盛世才，软硬兼施……

盛世才本来就是一个军阀，当初他只是迫于国际、国内的形势，才与我党联合。随着时间、形势的变化，他的反共反苏的面貌愈来愈暴露。1942年9月，盛世才撕下了亲苏亲共的假面具，9月17日，盛世才用武力将我党在新疆的主要负责人陈潭秋、毛泽民等四人，以及在疆的中共人员和家属，全部软禁起来。曼文同志在软禁中，在党的秘密组织生活中表态说："我们浙江出了个秋瑾，是女中豪杰。我是共产党员，更要为真理坚守我们的气节，宁死不屈！"

七、天山飘雪铁窗烈火，狱中四年顽强斗争

革命的道路不平坦，曼文刚刚回到了革命队伍中间，正要为抗日出力的时候，却偏偏被反动派关进了监狱。

极少数人经不起革命斗争中的特殊考验，变节、叛变出狱

了。曼文同志和其他的女同志一起，在监狱秘密党组织的领导下，与盛世才，以及国民党反动派进行了坚决而顽强的斗争，体现了共产党员坚贞不屈的革命气节。

有一天，女牢的看守通知方朗（曼文同志的化名），内地有一位姓蔡的老板派人来看她，并且要求把她保释出去。曼文马上意识到，蔡老板，很可能就是蔡叔厚。她立即向一起被关进监狱里的女牢秘密党组织的负责人杨之华，汇报该情况以及她自己的判断。杨之华也认识蔡叔厚，她知道蔡叔厚与党组织失去联系后，独自在上海工商界发展，听说在上海同行中间，名气还不小。但是，蔡叔厚目前的政治面貌不清楚，况且，整个中共在新疆入狱的人员是一个整体，狱中党组织提出来的口号是：抗日无罪，百子一条心，集体回延安。杨之华同意曼文同志的处断。曼文同志答复看守：自己根本不认识蔡老板这个人，拒绝保释出狱。

曼文同志和其他许多女同志一样，在那样一种艰苦恶劣的环境下，还要担负抚养和教育孩子的重担。1943年6月，在狱中，曼文生下了我和她的女儿。监狱秘密党组织的负责人张子意，给这个孩子取了一个名字叫"囹子"，意思就是监狱之子。这个孩子一出生就没有奶水喝，营养又差，直到三岁出狱，见到我，还没有长出头发，像个小和尚。

四年狱中生活的折磨，使曼文刚刚好转的身体，又一次遭受严重的摧残，同时，种下了病根。

八、百子一心返回延安，曙光在即英年长眠

1945年8月，抗日战争胜利了。可是，国民党反动派依然

拒不释放我党在新疆被他们关押的人员。

1946年6月，国共两党在重庆谈判，由毛泽东主席提出，周恩来同志亲自介入，国民党被迫答应释放全国的"政治犯"，包括我党在新疆被扣押干部和家属一百多人。

不久，国民党新疆省政府主席张治中先生，在新疆正式宣布，无条件释放在押的全部中共人员及其家属，并且用专用大卡车，包括武装警卫力量，护送回延安。张治中将军派了一位少将，专门护送中共在新疆的全体人员返回延安，一路上历经了千里戈壁沙漠的酷热，并机智地避开了在西安附近，胡宗南手下的特务机构所设的圈套。

1946年7月9日，曼文同志和同志们一起，实现了自己的誓言，百子一条心，集体回到了党中央的怀抱——陕北延安。我们受到党中央和延安人民的热烈欢迎。任弼时、林伯渠等同志专程到延安郊区的七里铺，代表党中央迎接我们的归来。但是，新疆的斗争是有代价的，陈潭秋、毛泽民、林基路同志已经壮烈牺牲在敌人的屠刀之下，还有几位同志被活活折磨病死在狱中。烈士们永远看不到，也享受不到胜利的喜悦了。

党中央对新疆回来的同志们非常关怀，特地批准全体人员休息三个月，伙食标准增加一倍。只是到后来，由于国民党胡宗南的部队进攻陕甘宁边区和延安古城，我们休养期未满，就提早分配工作了。曼文又回到了特殊战线——中共中央社会部工作。鉴于她的身体状况欠佳，暂时安排她为研究员。

1947年，曼文随机关从延安撤退，途经晋西北时，曼文带病参加了一段当地的土地改革工作。她在山西省临县的三交镇，生下了我们的儿子，小名荣儿。由于产后得不到很好的休息、足够的营养，曼文本就多病的身体变得更加虚弱。之后，机关转移到晋察冀边区河北省，也就是在这个时候，发现了她脖颈上的肿瘤。肿瘤很快影响到她的吃饭和吞咽，渐渐地，她连说话都困难起来。

解放战争中，共产党在军事上取得了一个又一个辉煌的胜利，国民党节节败退。病中的曼文同志深受鼓舞。她虽然已经难以胜任紧张、繁重的本职工作，可是她尽一切力量，不让我操心她的病痛和家务，减少我的家庭负担。我也在社会部工作，负责外线保卫以及内部警卫部队，保证党中央机关和领导人的安全，工作繁忙，任务沉重。

社会部的老领导十分关心曼文的病况，动员她去敌占区天津或者北京等大城市，通过国民党统治区里的内线，到大医院住院治疗。可是，曼文坚决不同意。这时候她的脑子十分清楚，自己的病已经发展到晚期，难以治好，自己的时日已经不多了。她不愿意在人生的最后时刻，再与组织、同志和亲人分开，孤独地离开这个她所热爱的世界。

曼文在病重期间，常常思念鱼米之乡浙江老家——萧山和杭州，思念家中的亲人。有一次，她躺在炕上，突然握着我的手说："你见过钱塘江的潮水吗？"我摇摇头。她默然松开了手。这时候，她的神态使我感到，她在谛听、在遥望——那一年一度的汹涌澎湃的钱塘江大潮滚滚而来的壮观。我想，中国革命，不正是处于这样一种临近胜利的壮观时刻吗？它像潮水一般涌来，势不可挡。我和曼文都是大革命时期参加党团组织的老党员，我理解曼文同志此时的心情。

尽管病情不断恶化，曼文同志仍然不放弃与疾病做斗争，直到生命的最后一刻。临终前曼文对我说:"遗憾的是我不能亲眼见到全国的解放,看到新中国的成立。我还有个孩子在苏联,她是我患难中的安慰。如果她将来能回国来,你还要照顾她,要作为自己的女儿一样对待。"我请曼文放心。

1949年2月17日,楼曼文同志在河北省平山县西柏坡的东黄泥村病逝,年仅四十一岁。

曼文病逝后的追悼会上,党组织鉴于她参加革命二十多年来,对党的忠诚和贡献,特追认曼文同志为革命烈士。她被安葬在平山县东黄泥。

曼文同志的一生,是战斗的一生,光辉的一生。她的生命虽然早在三十二年前就终止了,可是,她为之奋斗的革命事业,却犹如钱塘江的潮水一般推进着。

曼文同志,如今你的三个儿女——罗拉、囹子、荣儿,都早已长大成人,学以成才,正在为祖国、为幸福的今天和美好的明天工作着。你为之奋斗的人间乐园,如今已经变为现实。你的孙儿孙女们,在党和政府的关怀下,就像阳光照耀下的花朵一样,茁壮成长。

曼文同志,相信未来,我们中华民族的子孙后代,一定会继往开来,继续改革开放、建设和创造,祖国将变得更美好!

钱塘江的女儿,长眠于九泉之下的曼文同志,你安息吧!

瓦蓝瓦蓝的天空

文 / 俞梁波

　　杭州最南的萧山区楼塔镇，山水风光秀丽，文化积淀深厚，出了一名奇女子。这位从江南山水小镇出发的女子，在革命的大熔炉里锤炼，最后将生命定格在了 1949 年 2 月，长眠于西柏坡。她的一生，是传奇的战斗的一生，是为了革命理想而不懈奋斗的一生。

　　这个革命者叫楼曼文，小名梅园。

　　楼曼文的父亲楼卓夫，是楼塔当地极有名望的乡贤，是邵力子先生（前国民政府要员，北平和谈代表，新中国成立后任全国人大常委会委员、全国政协常委）的私塾老师，并与邵力子一起考上举人，历任黑龙江大通县，安徽省凤阳县、婺源县等地县官。后来抗战爆发，楼卓夫回乡开办义学、义诊。然而，对于自己的第四个女儿楼曼文，思想传统的楼卓夫很是头痛，她对新生事物的领悟力超强，胆子大，思想活跃，很有主见。当时，不出嫁的姑娘要留长发，楼曼文偏不，她要与封建思想决裂，公开"剪发"明志。楼曼文十四岁那年，家里要把她嫁给同村张姓人为妻，楼曼文极力反对，自己跑到张家，与对方交流人生理想，发现与对方并不志同道合，马上解除婚约，轰动乡里。在楼塔乡里，楼家四小姐一身侠义，爱打抱不平，敢为穷人说话。十五岁那年，父亲楼卓夫去杭州经商，她随父迁居杭州，就读于省立女子师范学校。

楼曼文骨子里有着一股特别的刚强，小小年纪便显现出与众不同。在学校里，她如饥似渴地阅读进步刊物，结交志同道合的朋友，参加了学生联合会，担任宣传员，上街宣传进步思想。她与萧山老乡杨之华（今萧山区衙前镇人，瞿秋白妻子）结下了深厚友谊，成为好姐妹。她誓要打破一个旧世界，创立一个新世界，实现男女平等、妇女独立……楼曼文始终走在时代前列，为民众鼓与呼。她在给三姐的信中写道："姐，什么家庭！（指自己家）简直是愁城，所以，我要奋斗，直到新社会出现不止。姐！为社会我可牺牲一切，因为我们亲爱的无产者的兄弟姐妹们苦已尝够了。姐！你即是被压迫的一个。姐呵！世界上不久有千万成群的热血飞腾的青年要起来解放黑暗残酷的社会，那时我们一定很快乐地携着手向乐园中徘徊了。姐呵！你切莫悲伤，静心等五六年的将来吧！"信中的言语风格不像是一个女性的文笔，倒像出自一名铁骨铮铮的豪情男儿之手。无论在学校，还是在家乡，楼曼文都卓而不群，才华横溢，很快就被吸收为中国共青团团员。这样一位姑娘，在当时的社会环境下，自然是被当局所不容的。

1927年，楼曼文进上海艺术大学学习。从杭州到上海，更像是一次避难。十里洋场大上海，是冒险家的乐园，更是命运的角斗场。楼曼文与中共地下党员蔡叔厚的认识，可谓人生大转折。蔡叔厚是浙江诸暨人，诸暨与萧山山水相依，他们算是老乡了。他是她革命的引路人。他在上海创办绍敦电机公司，明面上是成功的商人，另一个身份则是中共地下党员。他的核心作用是研发无线电收发报机。中国共产党拥有的第一批无线电收发报机就是由蔡叔厚与李强共同研发的，他们为党立下了大功。楼曼文在蔡叔厚的引领下，加入了中国共产党，与夏衍、蔡叔厚同属文化支部。

由此，楼曼文走上了一条真正的革命道路。如果说之前的楼曼文，还是一个有着新潮思想的富家小姐，一个人生阅历显得稚嫩的年轻姑娘，一个对未来的伟大事业还有些模糊的知识女性，那么，在上海的这段岁月，她迅速地成长起来，成为一个革命者。她与蔡叔厚结成了革命伴侣，按照组织上的安排，她去工厂当女工，联络团结更多的妇女群众。她目睹了上海底层人民的疾苦，他们拼命工作，却难以养活一家人，还处处被盘剥。她更加清楚自己肩负的使命，也更加坚定了革命斗志。

1927 年 11 月，中共临时中央政治局决定，成立中央特务科（简称"中央特科"），专职负责情报和安全保卫工作。深受组织信任的楼曼文便加入了新创立的中央特科，成为情报组成员。她曾经化妆成被害人家属，去监狱探监，进行情报传递和营救工作等。这些工作危险性极大，不但需要一颗无畏的心，更需要机智果敢。楼曼文出色地完成了上级交办的各项任务。

1931 年，受党中央和共产国际远东情报组的派遣，楼曼文准备东渡日本接受特殊任务。为了保密，她始终没有对家人说出日本之行的任务，而是抓紧时间补习日语和俄语。靠一本《俄日字典》，她掌握了两种语言。1932 年，她到达日本，已经怀孕的她在东京生下一个女儿，那是她与蔡叔厚的爱情结晶。

她出色地完成了组织上交办的特殊任务。不久，组织上安排她赴苏联。她来到了心中向往的革命圣地——莫斯科，在莫斯科列宁学院学习。她给自己取了一个俄文名字：方娘。也给初生的女儿取了一个正式的俄文名字：罗拉（中文名：蔡洛文）。在莫斯科的那段光阴，楼曼文践行了一个中国革命者的坚定与努力，心存大志，刻苦好学。

因"顾顺章事件"，在上海以经商为掩护的蔡叔厚受到了地下党的怀疑，党组织切断了与他的所有联系。消息传至莫斯科，楼曼文因此受到牵连，组织上决定将楼曼文从列宁学院转到莫斯科郊外的工厂当工人，并停止她的党组织生活，接受审查。

犹如晴天霹雳，此时的楼曼文遭受了人生中最残酷的打击。她一下子失去了最亲爱的母亲——党的信任，又要忍痛与刚刚出生不久的女儿别离，女儿被安放在莫尼诺国际儿童院。离别之际，她无数次亲吻女儿，泪流不止。另外，她被迫与蔡叔厚同志离婚。她仿佛直接从天堂坠落了。在别人的眼里，她成了一名可疑分子。她仰望星空，觉得人生黯淡无光。但此时的楼曼文，毕竟是一名信仰坚定的革命者，她受得了生活上的各种艰苦，但最痛苦的却是组织上的不信任。在异国他乡，她成了一个普通的侨工，每天在工厂埋头苦干，独自承受这种痛苦。她是清白的，总有一天，党组织会给她一个"你是清白的"的调查结论。

作为女人和母亲，楼曼文承受了巨大的痛苦。长达六年生活在恶劣环境下，长时间的精神压抑，并没有打垮她，也没有让她失去对生活对未来的信心。她苦苦煎熬，毫无怨言。在节假日，她会去探望女儿。看着眼前稚嫩的女儿，她的心在流血。

她等待着恢复清白的这一天，哪怕用一生去等待。她想起了入党誓言，那是她甘愿用尽一生去奋斗的理想。虽然此时的她得不到组织的信任，无法与同志们一起参加组织生活，她得不到任何关于党的信息，得不到关于国内亲人们的信息。她仿佛成了世上最孤独的人。陪伴她的只是异国他乡的漫漫长夜。她内心的痛楚无时无刻不在生长。她的身体变得无比虚弱，但她的目光始终是坚定的，她的一颗心永远是向着党的。

直到 1938 年，上海党组织经过调查，查实蔡叔厚没有问题，因而，楼曼文也不存在任何问题。当年 9 月，中共驻共产国际代表团将楼曼文从工厂接回莫斯科。同志们都来看她了，楼曼文无比激动。她等待的这一天终于来临了。这种喜悦溢满全身，灰暗的天空一下子变得瓦蓝瓦蓝的，如同家乡的天空一般。令楼曼文没有想到的是，她的好姐姐杨之华也来看她了。她百感交集。她紧紧地拥抱着杨之华，两人喜极而泣。不久，党组织正式向楼曼文宣布，她的个人历史没有任何问题，恢复她的组织生活，之前停止组织生活期间的党龄照算。

由于六年的艰苦生活和内心煎熬，楼曼文得了许多病。组织上安排她在莫斯科治病、疗养身体，并让她到莫斯科共产国际党校学习。重获春天的楼曼文如饥似渴地学习，六年了，她失去的这一段光阴她要努力补回来。她像个拼命三郎。同志们看着楼曼文的勤奋，他们也都知道她的身体状况，纷纷劝她要注意身体。楼曼文说："我失去的时间太多了，一定要补回来的！"在楼曼文的心灵世界里，她是一个单纯清澈的人，从她成为一名中国共产党党员的那一天开始，她就是党的人，一切听从党的指挥和安排，她永远跟党走。

抗日战争的爆发，让在莫斯科的楼曼文的家国情怀更加浓厚了，她要回国，参加战斗。她向组织上要求回国参加抗日战争。组织上派楼曼文和杨之华、苏井观、张子意、方志纯等十几名同志回国。楼曼文再次吻别了女儿，她将女儿留在了苏联，之后，踏上了回国之旅。按照组织上的安排，楼曼文到达新疆迪化（今新疆乌鲁木齐）。当时，新疆军阀盛世才，与我们党维持着统一战线的局面。在新疆，有大批由延安派到那里去的干部，还设有驻新疆代表和八路军办事处。

楼曼文化名为崔少文，在迪化女子中学当俄文教员。其间，楼曼文与方志纯（方志敏烈士的堂弟）的感情瓜熟蒂落了，经过党组织的同意和批准，两人在新疆迪化结婚，成为夫妻。1922年投身革命，1924年入党的方志纯于1938年赴苏联学习，在莫斯科，他与楼曼文一起学习和工作，他对楼曼文可谓知根知底，他知晓楼曼文是个坚定的革命者，无论遇到多大的挫折和压力，都无法让这个江南女子低下头，弯下腰。江南女子也不都是婉约的、柔弱的，为了心中的伟大信仰，她们有着钢铁一般的意志。眼前的楼曼文就是最好的证明。他敬佩这个江南女子，他爱这个江南女子。

1942年9月，盛世才撕下了亲苏亲共的假面具，将我党在新疆的主要负责人陈潭秋、毛泽民等四人，以及在疆的中共人员和其家属孩子们，全部监禁起来。方志纯、楼曼文夫妻被捕入狱。

这又是一次无比残酷的考验。有人经不起这种考验，变节、叛变出狱了。化名为方朗的楼曼文在狱中意志坚强，体现了共产党员坚贞不屈的革命气节。一方水土养一方人，家乡楼塔之地，山乡之人骨头奇硬。她的身体里有着山一般的意志。整整四年的狱中生活，环境极其艰苦恶劣，但楼曼文始终没有做过任何对不起党的事。狱中秘密党组织提出口号：抗日无罪，百子一条心，集体回延安。楼曼文积极响应，开展各种斗争，还回绝了一次难得的保释机会。她说："我们浙江出了个秋瑾，是女中豪杰。我是共产党员，更要为真理坚守我们的气节，宁死不屈。"她心里明白，眼前的黑暗是暂时的，光明总会到来。

1946年7月9日，在党的营救下，楼曼文和狱中的其他同志一起，集体回到了党中央的怀抱——延安。他们受到了党中央和延安人民的热烈欢迎，毛泽东主席还亲自接见了全体人员。楼曼文再一次看到了瓦蓝瓦蓝的天空，无比纯净，这是解放区的天空，这也是历史的天空。那一刻，她如同儿女投入到母亲的怀抱一样，满心喜悦。她向组织上要求结束休养，尽快投入工作。她被安排在中共中央社会部工作。事实上，她当时的身体十分虚弱，在莫斯科的六年艰苦生活和在新疆的四年狱中生活，以及生育和抚养子女、营养不足等诸多因素，已经让她的身体机能到达极限了。但是她不想浪费哪怕是一天，哪怕是一刻，她要工作。她还参加了中央土改工作队，到农村开展土地改革试点工作，利用做妇女运动的专长和优势，发动妇女群众参与土改。也就在这一年，她生下了与方志纯的第二个孩子，小名荣儿（方荣欣，深圳市委党校退休）。

1948年下半年，楼曼文随中央机关转移到晋察冀边区河北省。也就是在这个时候，她的身体出现了大问题，脖子上的肿瘤病变，以致她吞咽食物都很困难，后来，说话也变得无比困难。丈夫方志纯当时也在社会部工作，担任中央卫戍司令部参谋长，负责外线保卫以及内部警卫部队，保证党中央机关和领导人的安全，工作繁忙，任务极重。

社会部的老领导动员楼曼文去敌占区天津或者北京等大城市，通过国民党统治区里的内线，到大医院住院治疗。楼曼文不同意。她很清楚自己的病情，已到了生命的最后阶段，她再也不想离开组织和同志们了。她曾经有过孤独的经历，那一段光阴几乎将她击溃，而现在，全国就快要解放了，伟大胜利的曙光已然出现在她的眼前，哪怕是死，她也愿意死在同志们的身边，死在温暖里。时任中央卫戍司令部司令的杨尚昆曾经对病重的楼曼文说："曼文大姐，我们要进北京了，胜利了，我们几个老家伙，抬你进北京。"楼曼文很开心地笑了。

在楼曼文生命的最后岁月，她时常思念自己的家乡和亲人。有一次，她躺在炕上，突然握着丈夫的手说："你见过钱塘江的潮水吗？"她的儿子方荣欣此时还仅一岁多……

1949年2月17日，楼曼文在河北省平山县西柏坡的东黄泥村病逝，年仅四十一岁。楼曼文病逝后，中共中央鉴于她参加革命二十多年来，对党的忠诚和贡献，特追认楼曼文同志为革命烈士。

后　记

（一）人民不会忘记英雄。在楼曼文的故乡萧山楼塔，楼曼文纪念馆已成为人们熟知的一个爱国主义教育场所。家乡人民更是深切缅怀当年的楼家四小姐，初心不改，党的好女儿，无畏的革命者。楼曼文的英雄事迹，教育着越来越多的人们。如今，楼曼文故居也正在修缮之中，不久即向社会开放。

（二）楼曼文故居是个老墙门，也是我的外婆家。小时候，暑假里，我几乎每年都会去外婆家住上一阵。那个老墙门带给我许多快乐与欢笑，有时候晚上做梦，都会梦到那个老墙门的一切，历历在目啊，只是年幼的我不知道这也是楼曼文烈士曾经的家。如此说来，这真是人生最重要的缘分之一了。楼曼文纪念馆建成之时，我协助楼塔镇政府整理了楼曼文的相关资料，而且还为楼曼文纪念馆撰写了前言和后记。由于楼曼文长期在特殊战线工作，档案还没有解密，关于她的个人工作方面的资料极少，民间说她是叛逆富家女、红色特工元老，实不为过。我也阅读了依然健在的楼曼文儿子方荣欣教授回忆母亲的一些片断，深受感动。历史需要铭记，我们无法忘记那些为新中国成立而付出生命和一切的勇敢的人，他们是我们党的优秀儿女。在建党百年之际，用文字记录楼曼文的人生故事，向英雄致敬，这是一件有大意义之事。同时，在此也致谢楼塔镇人民政府的相关同志，提供相关资料。

在上海，我们追寻楼曼文的脚印

文 / 王兴江

　　2018 年，楼塔镇决定筹建楼曼文烈士纪念馆，并抽调张欣部长负责筹建和资料收集工作。因为我曾写过楼曼文之子方荣欣寻踪母亲在家乡情况的相关文章，与方荣欣夫妻相识，我有幸参与了纪念馆的筹办，与资料收集组一起寻找八九十年前楼曼文战斗的身影。

　　我们重点的参考资料是已故江西省委书记、省长方志纯撰写的回忆文章《钱塘江的女儿——纪念楼曼文同志》，方志纯是楼曼文的丈夫，方荣欣教授的父亲，他的文章很有权威性。但是，其中对楼曼文早期革命经历描述不多。为了有的放矢地做好资料收集工作，方荣欣教授给了我们很多帮助，他精心地为我们编写资料收集要点，让我们少走了不少冤枉路。

　　当我们去诸暨、到杭州、赴衙前农运馆，四处探寻楼曼文革命生涯的轨迹时，常常因为找到与楼曼文烈士相关的资料而欣喜不已。在诸暨档案馆，找到楼曼文革命的引路人蔡叔厚亲笔撰写的个人传记、原外经贸部部长李强刊登在《人民日报》上回忆蔡叔厚的文章等等；在原浙江女子师范学校，如今的杭州第十四中学的校史中，发现楼曼文的名字。当然，我们更多为楼曼文烈士资料找寻难而苦恼，特别是对楼曼文烈士离开杭城，到上海的革命经历所知甚少，而楼曼文在中央特科的工作，我们是一无所知，因为没有档案可查阅，或者说有档案也没有解密。那么何时会解密呢？这又是一个谜，这事连方荣欣都感到困惑，因为方教授多次表示想写一部母亲的传记，但是直到现在他还没法写，因为知道得太少太少了。

我们对照蔡叔厚的个人传记和方志纯的回忆文章，以抽丝剥茧的手法，梳理这一部分之前可能被遮蔽的历史，查找楼曼文在上海的人生轨迹，在8月份一个台风即将到来的日子，资料收集组一行四人，从杭州东站坐动车来到繁华的上海，追寻楼曼文的脚印。

上海艺大，走上了职业革命之路

由于参加学生运动，楼曼文被杭州反动当局通缉。1927年，她不得不中断在浙江工大预科班的学业，到上海艺术大学学习。虽然说上海刚经历了"四·一二"反革命事变，成千上万的共产党人和革命人士牺牲在反动派的屠刀下，革命笼罩在白色恐怖之下，但无数的仁人志士都表现出大无畏的自我牺牲精神，表现出宁死不屈的革命意志。

在上海多伦路一条不起眼的弯曲弄堂里，第二个拐角上有一座不怎么起眼的花园洋房，这就是上海艺术大学（中华艺术大学）旧址。名闻遐迩的中国左翼作家联盟就在这里成立。以鲁迅为代表的一批左翼文化界精英，在这里开启了中国左翼文艺运动的大幕。

上海艺术大学曾聚集了不少进步人士任教，《共产党宣言》第一个中文全译本的翻译者陈望道也曾在该校任教，加上上海艺术大学有一批进步学生，楼曼文在这里好似鱼儿游进了大海，与一批志同道合的人一起从事革命运动。我发现，当时的上海艺大就汇聚一批浙江人，陈望道是金华义乌人，中国现代著名翻译家、电影和戏剧家、社会活动家，中国左翼电影运动的开拓者、组织者和领导者之一夏衍曾在该校担任教务长。可想而知，同是杭州人，夏衍对同乡的楼曼文肯定是十分照顾的。在20世纪80年代，方荣欣教授曾写信给夏衍，夏衍对楼曼文是了解的，还指出曼文与蔡叔厚（绍敦）没有正式结婚，但有同居关系。夏衍与蔡叔厚（绍敦）是同在浙江甲种工业学校读书的同学。夏衍晚年在《懒寻旧梦录》中说："我立到即虹口东有恒路（今余杭路）1号去找他，绍敦电机公司坐落吴淞路有恒路口，是一家双开间门面，规模不大的电料店。"两人一见如故，蔡绍敦热情留他在公司楼上居住。

在上海艺术大学，楼曼文与夏衍、蔡叔厚等人积极参加各项革命活动。夏衍是1927年5月入的党，蔡叔厚是1927年12月入党的。1928年，楼曼文成为中国共产党党员，应该说，夏衍与蔡叔厚是楼曼文革命的引路人。在共同的志趣和理想下，她与蔡叔厚结为革命伴侣。入党后，楼曼文、蔡叔厚被编入闸北区第三街道党支部，和陈德辉、冯雪峰等人在一个党小组。绍敦电机公司也成为党的秘密交通联络站。在此期间，楼曼文深入到提篮桥下海庙以东，日本人开的"内外棉"和英国人开的"怡和"纱厂一带，与工人师傅为伴，做宣传鼓动工作，还多次参加"飞行集会"，搞演讲，贴标语，发传单，放哨望风……在夏衍的回忆文章中，他写道，有天晚上，他与同伴一起到三角地小菜场附近去贴"武装保卫苏联"之类的标语。三角地小菜场附近适宜贴传单、刷标语，时为虹口巡捕房后外墙，临街，面积大。当时下雨路滑，同去的茅盾夫人孔德沚不小心摔了一跤，弄得满身泥水。夏衍还说"田汉和蒋光慈就是因为很少参加飞行集会而不止一次受过批评"。

中央特科，功绩永世长存

楼曼文担任过中共上海闸北区委的女工部部长，随后被调入中共中央特科。

行走在上海街头，历史就在身边。我们在静安寺武定路930弄14号原中共中央特科机关旧址，看到的仅仅是一块全国文保单位的铜匾。在冰冷冷的铜匾的背后，仿佛看到了血雨腥风、刀光剑影和惊心动魄的故事……

中共"八七"会议后，中央机关陆续从武汉迁往上海。在国民党军警宪特和租界巡捕暗探密布的十里洋场，要想长期隐蔽下来开展工作，就要有支强大的保卫力量。1927年11月，二十九岁的周恩来受命组建中共中央特科。

彼时的特科下设四部，分工明确而又互相配合——总务科总揽各项日常事务；情报科掌握敌人动向；保卫科又叫"红队""打狗队"，负责镇压叛徒；交通科从事秘密联络工作。

1928年10月，党中央决定在中央特科增设一个电讯科。李强、张沈川等被派去学习无线电报务技术，搭建秘密无线电台。考虑到蔡叔厚在社会上的身份和专业技能，1929年，党中央决定把蔡叔厚、楼曼文调到中央特科，协助和掩护李强的工作。这是一件极其危险的事，稍露破绽就会有杀身之祸。楼曼文把生死置之度外，全力协助丈夫工作。

蔡叔厚随后将绍敦电机公司搬到福煦路 403 号（一说福煦路 417 号）。因工作需要，他中断了同党内一般同志的来往。他利用老板的公开身份，出入上流社会的社交场所，经常宴请国民党高官，特别是与国民党中统高层关系密切，给他们提供经济好处。在诸暨档案馆，就看到了蔡叔厚与中统高官的合影。由此，他成功地隐蔽了自己中共党员的身份，为开展中央特科的工作创造了有利条件。

蔡叔厚在绍敦电机公司二楼腾出一间隐蔽房间，专门供李强研制无线电收发报机用。李强等同志在里面安置了车、钻、铣、刨四部机床，经常去那边搞机械加工。他们还将购置的无线电器材、技术资料等存放在绍敦电机公司里。正是在蔡叔厚等人的努力下，1929 年春末夏初，李强在绍敦电机公司试制出了党的第一批无线电收发报机。这批无线电设备被送往中央根据地，从此建立了上海党中央和苏区的无线电通信联系。后来蔡叔厚又与李强制作数台收发报机，送往洪湖贺龙、鄂豫皖徐向前领导的红军根据地。

在上海外滩，看着云卷云舒的黄浦江两岸上空，鳞次栉比的高楼、喧嚣的街头，已看不到往昔共产党人艰难岁月的痕迹。但我的目光穿越时空，似乎看到响着尖厉警报声、横冲直撞的飞行堡垒和路人惊恐的目光……

当年繁华的上海滩，灯红酒绿，纸醉金迷。决定了共产党人要出入"大染缸"，甚至有时要与狼共舞。

我们在上海许多有关地下工作者的纪念馆寻踪，如刘长胜地下工作纪念馆、龙华烈士陈列馆等等，其中很少出现有关中共在 20 世纪 20 年代末至 30 年代初的照片或资料。在规模很大的龙华烈士纪念馆里，我仔细地查阅，也没有发现当时中共中央主要负责人周恩来在该时期的照片。这说明了当时严峻的形势和残酷的现实环境。

楼曼文和年轻的共产党人顶住了压力，他们出淤泥而不染，甘于清贫，严守纪律。根据组织安排，楼曼文需要去日本收集情报。当时，由于组织上经费紧张，楼曼文就写信给家里，以到日本留学为借口，骗得父亲寄来银元，确保了日本之行。而蔡叔厚经营的公司，也是党的"活动小金库"，公司先后接待安排了广州起义失败和浙江"清党"后到上海去的叶剑英、曾宪植、廖承志、冯雪峰等几十名同志，蔡叔厚被同志们亲切地称为"小孟尝"。

1930 年 1 月，苏联共产党员理查德·佐尔格（原为德国共产党员）受共产国际委派，到上海恢复和重建因中国大革命失败而遭到破坏的情报网。佐尔格在上海建立了国际组和中国组两套情报网。楼曼文就参加了佐尔格领导的情报组织。但她到底是参加国际组，还是中国组，迄今为止仍鲜为人知。直到 1931 年，楼曼文再次受组织派遣东渡日本，从此再未踏足上海。

在上海工作的四年，楼曼文以杰出的工作成绩，赢得包括周恩来、邓颖超同志在内的许多领导的赞扬和肯定。

出于种种原因，楼曼文在上海的特科故事被人知晓的并不多。但她把信仰融进灵魂，把忠诚融进血脉，谱写的英雄事迹熠熠生辉，正如莫斯科无名烈士纪念碑上的那句话——"你的名字无人知晓，你的功绩永世长存"。

楼曼文烈士：望着新中国的曙光离去

文 / 方荣欣

一

20世纪40年代末，一个古老的、半封建半殖民地的旧中国，经历着一场光明与黑暗的决战，在中国人民四年的解放战争中，我出生了。然而，我的母亲楼曼文烈士，由于身体受到国民党反动派牢狱里多年的摧残，1949年2月，倒在了她的战斗岗位上，她的生命终止在四十一岁。

母亲楼曼文去世时，我还不满二周岁。父亲方志纯在他的回忆录《钱塘江的女儿——纪念楼曼文同志》里写道："曼文在病重期间，常常思念鱼米之乡浙江老家——萧山和杭州，思念家中的亲人。有一次，她躺在炕上，突然握着我的手说：'你见过钱塘江的潮水吗？'我摇摇头。她默然松开了手。这时候，她的神态使我感到，她在谛听、在遥望——那一年一度的汹涌澎湃的钱塘江大潮滚滚而来的壮观。我想，中国革命，不正是处于这样一种临近胜利的壮观时刻吗？它像潮水一般涌来，势不可挡。我和曼文都是大革命时期参加党团组织的老党员，我理解曼文同志此时的心情。"

母亲是钱塘江的女儿，杭州萧山的巾帼英雄。萧山是我母亲的家乡，我的萧山情缘，虽说是娘胎里带来的，但是，真正接上此缘，却是在我六十一岁的时候。2008 年，我们夫妇到杭州旅游，我夫人在笔记本电脑里浏览杭州电子地图，发现萧山楼塔镇有一个"楼曼文故居"，就鼓动我前往参观拜访。可是我去，又怎么能够证明自己就是楼曼文的儿子呢？必须要有人证。可这哪里是一下子办得到的呢。那次，我们没有贸然前往，但是，一颗探亲的种子从此种下。

2010 年 7 月，因缘俱足，在革命先烈黄道同志的孙子黄先钢（时任浙江省文联党组成员、书记处书记）的联系和帮助下，我们夫妇访问了萧山党史资料办公室、楼塔镇政府，以及母亲楼曼文的故居。

2010 年楼塔镇政府的工作人员王新江专题报道说："方荣欣夫妻俩来到楼曼文的出生地雀山岭儒坞自然村，当他们了解到儒坞自然村是杭州市生态村，不仅村庄环境好，而且村民好学成风、人文气息浓厚，作为江西省诗词学会会员，曾出诗词歌曲专集的方荣欣自豪地说，我也遗传母亲故乡好学上进的儒家思想。"

二

父亲方志纯与母亲楼曼文，1938 年在莫斯科时相识，是共产国际党校的同班同学。父亲在这个政治班是学习委员，他们与蔡畅、杨之华、贺子珍、张子意、林利等是同班同学。父亲起先在军事班，同班有刘亚楼等中国工农红军的军事将领。后来为了加强政治班的组织力量，把父亲调到政治班来了。1941年父母返回祖国，在新疆经过组织批准结婚成家。起先被国民党反动派软禁，后来入狱坐牢。

作为中共在新疆狱中秘密党支部的支部书记，父亲方志纯写道，曼文"在党的秘密组织生活中表态说：'我们浙江出了个秋瑾，是女中豪杰。我是共产党员，更要为真理坚守我们的气节，宁死不屈！'"

父亲继续回忆："极少数人经不起革命斗争中的特殊考验，变节、叛变出狱了。曼文同志和其他的女同志一起，在监狱秘密党组织的领导下，与盛世才，以及国民党反动派进行了坚决而顽强的斗争，体现了共产党员坚贞不屈的革命气节。"

有一天，女牢的看守通知方朗（曼文同志的化名），有一位姓蔡的老板派人来看她，并且要求把她保释出去。曼文马上意识到，蔡老板，很可能就是蔡叔厚（楼曼文的前夫，也是她在中央特科工作时的直接上级）。她立即向一起被关进监狱里的女牢秘密党组织的负责人杨之华，汇报该情况以及她自己的判断。杨之华也认识蔡叔厚，她知道蔡叔厚与党组织失去联系后，独自在上海工商界发展，听说在上海同行中间，名气还不小。但是，蔡叔厚目前的政治面貌不清楚，况且，整个中共在新疆入狱的人员是一个整体，狱中党组织提出来的口号是：抗日无罪，百子一条心，集体回延安。杨之华同意曼文同志的处断。曼文同志答复看守：自己根本不认识蔡老板这个人，拒绝保释出狱。

蔡叔厚是中共隐蔽战线上的著名人物，早期在中央特科期间，他在通讯科长李强（中共元老，新中国成立后长期担任共和国的对外经济贸易部部长）领导下，在楼曼文等同志的密切配合下，组装成功中共第一套无线电收发报机，并培训出第一批收发报员。蔡叔厚从 1932 年到 1938 年，在上海一度与党组织失去了联系。但是，1938 年"国共合作"后，他主动到大后方重庆找到了周恩来，周恩来与他建立起了单线联系的秘密通道。

蔡叔厚的这次援救行动，目前没有任何证据证明是组织行为。但是，女牢里的其他共产党的难友，都吃到了蔡老板送来的金华火腿肉。看来母亲虽然不同意被保释出狱，但是，认了这个浙江老乡，收了火腿，还分送到男牢，在不违背革命原则的基础上，改善了一下同志们的伙食。

三

我的外祖父楼卓夫是清末举人，是国民党要员邵力子（1882—1967）的老师。清末至民国初年，楼卓夫在东北黑龙江大通县，安徽省凤阳县、婺源县等地历任县官。民国之后改行经商，民国时期，其儿子当过厅长。外祖父在楼塔镇是很有名望的乡贤、官僚地主。抗日战争期间，楼卓夫躲避战乱从杭州回到萧山楼塔老家，开办义学，帮助贫苦的孩子读书，同时，因为自己懂一些医学知识，免费为乡亲看病开药。1943 年病故于家乡，享年七十八岁。抗战胜利后，灵柩迁回杭州与原配夫人瞿氏合葬。1946 年前后，邵力子专门撰文《楼卓夫先生传》，纪念他的老师。

楼曼文是他的第四个女儿，小名梅园。她是原配瞿氏所生。

因为她天资聪明，性格爽朗活泼，深受父亲的宠爱。她没有裹小脚，从小读私塾。她十岁左右，随父搬迁杭州居住，就读女子中学。在学校她受到进步思想的影响，在政治上积极向上，坚决反对家庭包办自己的婚姻，父亲无奈，只得同意与亲家退婚。她曾是学生代表，带领学生进行爱国游行示威活动。

在俞秀松、杨之华等共产党人的影响下，她十八岁那一年在杭州加入共青团，二十岁逃离反动派在杭州的搜捕，从杭州到了上海，1928年在白色恐怖下，在上海转入党组织，成为中共正式党员。在上海她与志同道合的蔡叔厚结合了，并成为蔡叔厚的下级。

母亲家庭条件优越，受到了良好教育。但是，她忧国忧民，摆脱封建家庭的约束，为了人民的利益，离乡背井，参加革命。她在给她三姐的信中说："姐，什么家庭！（注：指自己的封建家庭）简直是愁城，所以，我要奋斗，直到新社会出现不止。姐！为社会我可牺牲一切，因为我们亲爱的无产者的兄弟姐妹们苦已尝够了。姐！你即是被压迫的一个。姐呵！世界上不久有千万成群的热血飞腾的青年要起来解决黑暗残酷的社会，那时我们一定很快乐地携着手向乐园中徘徊了。姐呵！你切莫悲伤！静心等五六年的将来吧！"

每当我读到这里，就会想到，母亲不是缺衣少食的穷苦人，为什么要自找苦吃，去闹革命呢？她有一颗善良的心，具有正义感，还有崇高的社会责任感。因此，为实现全民族的独立解放，她可以牺牲自己。

今天，我们提倡不忘初心，不就是要正本清源，不忘英雄烈士们未竟的事业吗？

　　今天，我们不忘先烈，在北干山烈士陵园捐种了"英雄林"，不正是不忘初心的体现吗？我在开种仪式上代表烈士的亲属发言，萧山市民的热情，让我震撼。这个世界上，什么都可以变化，唯有先进思想育英雄，革命英雄为人民，爱国人民敬英雄，是永恒不变的民族魂。

　　亲爱的母亲，我已经三回您的故乡楼塔镇了，与那里的干部和群众，以及风土人情，渐渐熟悉起来。那里的山美，水美，人更美！

　　母亲，你的传记，难以成文。不要说你去世得早，至今已经整整六十九年，就是你的一个简简单单的出生月份和日期，我们到今天也没有完全搞清楚。

　　你因为长期工作在特殊战线，你的档案从未解密。人们只能够从你的少数战友那儿，了解到你的一点零碎的情况，很难为你著书和全面评说。也许，这就是隐蔽战线，我们的无名英雄们的宿命，这就是你们崇高精神的体现吧。

　　如今，中华人民共和国成立时不到两岁的我，也已经是白发老叟了。唯一遗憾的是，海峡两岸，虽然这些年，彼此来往，但是，统一大业，仍然有待时日。

　　中华民族统一之时，对我来讲，还有另外一层重要的意义，那就是中华民族统一新纪元的开始，一定是我母亲绝密档案解密之时，也离她的传记的写作、完成和出版的日子不远了。天地日月，给我时间，让我用健康的身躯，期待着这一天的到来吧！

一个坦克工兵的闪亮勋章

文 / 莫　莫

　　儿媳俞秀方从厨房走出来，对坐在客厅里聊天的公公楼关汀扬了扬手里的塑料袋，问他中午喜欢怎么吃。袋子里装着一块生牛肉，肉色鲜红，肉质韧嫩，看起来就让人非常有食欲。没过一会儿，厨房里响起了剁肉的"嘚嘚"声，松软可口的牛肉末蒸蛋，一道极具营养价值的菜肴，将作为楼关汀老人中午的下饭菜。

　　儿媳是花了心思在照顾他的饮食，说公公"喘不过气来就不大吃得下饭"，这是为了能让他跟得上营养。今年八十九岁的楼关汀老人，因为心肺问题去临浦医院住了十来天，前两天才刚刚出院。他衣饰简朴，衣着清爽，长眉白胡面色红润，看起来平和而健康。

　　身边的婆婆小他七岁，小巧的个子，花白的头发，说他做人独立又能干，"去医院一个人也弄得灵清"，那一脸崇拜里透露出的正是爱情特有的味道。

　　女儿也来探望父亲。一边逗弄她四岁的小孙女，一边为父亲急速难懂的楼塔话做翻译。四岁的小娃娃"太太、太太"地叫唤着楼关汀老人，希望她扮出的可爱相貌能得到他更多关注。

在山清水秀的楼塔大同一村毋岭村落一间敞亮的民居里，构建起的一幅和睦温馨的家庭画面中，此时，楼关汀正被问到七十多年前的抗美援朝战争，正在被追问当时是否有一刻惧怕过战场上的死亡。时间或许更像一把巨大的刮刀，那些旧年沟壑上垒起的伤痂，大部分已被巨刀刮平。

"我就是个普通的坦克工兵。"看得出楼关汀并不是一个喜欢倾诉的人，家人说他甚至从来不会主动提及往事。往事被尘封在一只精心保管的盒子里，像珍宝一般被落了锁。一打开宝盒，就有闪亮的光芒从里面照射出来，在上午干燥的阳光里透出清晰的光芒。

透出光芒的是四枚闪亮的勋章：一枚背面刻着"抗美援朝纪念　中国人民赴朝慰问团赠　1953.10.25"，正面是和平鸽图案和"和平万岁"；一枚背面刻着"中国人民政治协商会议全国委员会赠　1951"，正面是毛主席头像和"抗美援朝纪念"；一枚是正面图案为站立的持枪战士、背面为朝鲜文"군공메달"的朝鲜军功奖章；最崭新鲜艳的是一枚中共中央、国务院、中央军委颁发的"中国人民志愿军抗美援朝出国作战70周年"纪念章，志愿军战士、和平鸽、鸭绿江水、绶带、五星、金达莱花等设计元素，无不释义抗美援朝精神，体现志愿军战士"抗美援朝、保家卫国"的大无畏英雄气概和承担保卫和平的历史使命。

"保家卫国，参加志愿军，那时入伍出征，我已经做好为国家为人民牺牲一切的准备。"这段话印在一本"致敬最可爱的人"的纪念册上，这是楼关汀参加志愿军时立下的誓言，上面还有老人身佩勋章敬礼的照片。他轻轻翻开复员军人证明书、兵役证、优等射手一级技术能手证、中国人民志愿军立功证明书、抚摸照片上自己十八岁时年轻稚嫩又帅气的脸庞，如数家珍般骄傲地告诉我们，他曾是北京军区坦克第一师第一团独立士兵营的工兵，陆军军种，上士军衔，部别是6006队，职务班长，荣获个人三等功一次。他报出这些已然刻入骨髓里的符号，希望听到的每个人都能懂他的心情。

纸页泛着旧黄。七十年光阴刹那，那些峥嵘岁月、所有的初心，都浓缩在这小小一方盒子里的几枚勋章几本证书里了，也呈现在老人睿智深邃的眼神里。他坦然回答被追问的"当时是否有一刻惧怕过战场上的死亡"这个问题。他说"死是真的没有想过，感觉死与生是一样的，就是一件很平常的事"，但同时他又感叹"同一村去了七个只回来了六个"，那个牺牲的同伴永远留在了战场上。说这话时他被一股巨大的悲伤击中。楼家塔村死了一个，上前线第二天就牺牲了，上马石村也死了一个，他们毋岭村也有一个，还有一些记不得了。

他后来特意去过一趟萧山烈士陵园，看到上面有记录，参加抗美援朝战争的萧山人一共牺牲了九十七个。他被彻底震撼了，那些战争的画面轰隆隆不停地从眼前闪过，在那一刻他忽然就理解了死亡的意义：原来死是这样的死，仅仅是为了让活着的人能更好地活。

记忆的匣子一旦被打开便如洪水一般源源不绝。1951年5月，十八虚岁的楼关汀报名参加志愿军，自愿奔赴朝鲜参加抗美援朝战争。

对于一个完全不理解死亡含义的少年，楼关汀是带着强健结实的青春身体和无私奉献的意气风发踏上征程的，他离开故乡，告别了简单的农村生活奔赴千里之外。那些简单的农村生活在战场上成了特别值得回忆的往事：读书的那几年快乐生活，他在三兄弟里念书是最一般的，却另有一股子机灵劲，还能在生产大队帮忙做些出纳工作；从小就是个正义的人，因为他的身体特别好，所以当上了民兵，不分日夜守护着农村安全，还有勇敢"斗地主"的那些经历。

告别了这些，他写下自愿参加志愿军的保证书，和同村六个小伙伴一起到绍兴急训。每天晨起就要背上很重的背包跑十多里路参加训练，规定的时间内回得来才能吃上早饭。楼关汀年纪小，生性腼腆，平时不太爱说话，当时部队里时不时要召开动员会，让新兵们轮流上台发表讲话。最好笑的是有一次轮到他上台，指导员都在下面帮他说话：就讲讲为什么当兵好了！结果他反而更紧张，直接在台上哭了几声。把大家都逗得直乐。

在这样苦中作乐的一个月急训后，他们真的要出发了，要到那个东南以鸭绿江为界与朝鲜隔江相望的丹东，再经历几个月更高强度的训练。

所有的训练都是为了跨过鸭绿江。在此之前，彭德怀已率领中国人民志愿军第38、39、40、42军（后增第50、66军）和炮兵第1、第2、第8师，以及一个高射炮团、两个工兵团，先后跨过鸭绿江进入朝鲜北部地区，并在1950年10月25日打响了驻军朝鲜后的第一仗。此时楼关汀们奔赴的战场已经到达抗美援朝战争的第二阶段——进入"持久作战，积极防御""边打边谈"的局面。

终于到了10月横跨鸭绿江的日子，楼关汀的内心反而平静了，对于即将直面的战场也不再觉得恐惧。他那么年轻，没有家室无牵无挂，还没到考虑生死的时候，就是一种"豁出去了"的心态，毫无负担。

不能坐车，朝鲜翻译领队，志愿军们的前进完全依靠步行。一般白天都是整队休息，怕敌机发现了来轰炸，等到了晚上，在夜色掩护下所有人打起十二分精神，拿出比训练时更警醒的状态向着目标方向疾行。终于在二十八天后顺利到达前线。

每一场战争都何其相似，"和电影里放的一模一样"。年轻人去电影院看《长津湖》，红肿着双眼，内心有一刻猛地热血和冲动起来，就想整装冲上银幕里子弹纷飞的战场，把中弹的志愿军背回家。

楼关汀理解年轻人的那种澎湃心情。他回忆自己在战场上，七个工兵组成一个班，作为坦克服务兵，专为坦克开路，清除行进路线上的所有障碍，并伪装好坦克不被敌军发现。可以说坦克开到哪，他们就在哪。先上坦克，再上步兵。夜里，他们几个工兵和坦克根据指挥出发去炸毁美军工事，美军武力装备太强，照明弹往天上一打，地面的行动瞬间清晰可见。机枪扫射，子弹呼啸而来，炮弹落在身旁，这一刻，他们脑子里只有反击，只有保护坦克不被美军破坏掉。

楼家塔的那位牺牲的战友也是个坦克工兵，那天他所在的坦克埋伏位置不理想，弹药打不到敌军工事。他背起弹药想转移到另一部坦克，但就在途中被流弹削中后脑牺牲。死亡的现实离楼关汀那么近，他想起出战前指导员说的话："当兵肯定要打仗，打仗肯定要死人。子弹不长眼睛，可能明天我也会死在战场上。我们要让死了的人觉得值。"

楼关汀很想流泪，他想把那个永远埋在朝鲜战场上的老乡背回家来；楼关汀再也不会流泪了，就算他是一个沉默的人，也要嘶吼着把仗打完。他一共上过三次战场，"坦克兵相对还好一些，步兵牺牲太多了"，不上战场的时候，他们就负责挖山洞、挖地道，把退下来的坦克藏进挖好的山洞里。为坚持持久作战，巩固阵地，志愿军创建了坑道工事为主、野战工事结合的比较坚固的防御体系，逐步扩大作战规模。

朝鲜冷，涉水后的裤脚会起冰花，甚至小便都能立马结成冰，有志愿军被饿死冻死。"太难了。"楼关汀叹息。美军的战斗机神出鬼没，在深山老林里也能俯仰自由，有时看着它划进山谷里去了，一会竟又贴着山头吊飞上天，炸毁了我军的很多汽车和物资。

志愿军除了不怕死，"豁出性命"地打，也体现出了非凡的智慧，楼关汀特别提到：大桥被炸，志愿军连夜赶修，并临时用木头和钢筋搭起了另两座能通车的桥，其中一座隐藏在水下约二十厘米处，不会轻易被敌军发现。

楼关汀远远见过一次谈判现场。那地方看起来像是一间草舍，他看到三架直升机降落，几辆吉普车从公路开过来，停下后下来几个人进了草舍，整个谈判没用几支烟的功夫。谈判时两方约定停战，在公路两边二百米范围内不能使用武器。

后来，北京坦克一师回去，南京坦克三师到达朝鲜战场，因为没有工兵，楼关汀们被留下来继续为坦克服务。直到1953年7月，双方在停战协定上签字后，楼关汀才有了回国的机会。之后又服役好几年，真正回到老家已经是1957年以后的事了。他回家时怀揣着两百元退伍津贴"巨款"。他去过钢铁厂烧高炉，去过砖瓦厂当工人，最后回家务农，拿津贴买了铁耙等农具，还娶了老婆。开始的几年，有时梦到深处，指导员还在梦里喊那句激励人心的口号：生的伟大，死的光荣！

平淡的幸福生活真好。说到娶老婆的事，楼关汀老人就笑了，婆婆在一边也看着他笑。婆婆算是他的一个小表妹，他去当兵之前她年纪还小，等他当兵回来俩人正合适。他拿着大部分津贴上门当彩礼，婆婆拎着箱子挑着热水壶嫁过来。一眨眼，已经是六十多年前的爱情故事了。

巍巍河山，铮铮风骨

文 / 倪琴琴

一、耳濡目染的爱国熏陶

大同坞（如今的大同一村、二村、三村的全称），一个翡翠般的山谷，满是苍劲的树、葱翠的竹、迷蒙的云、甘甜的泉、碧绿的水。含苞的花朵，带着艳丽的霓裳，相守明镜。万绿丛中，安卧着圣者的灵魂，这是一处义门陈姓宗祠，祠堂系着一个家族的地位和荣耀。每个光耀门楣的陈姓人，都会在族谱里添上浓墨重彩的一笔。

宗祠后来成了私塾，由宗族出面创办，适龄儿童皆可在此免费就读。只有百来户人家的陈姓村落，却不缺乏书香熏陶：文、武状元匾，字迹隽美娟秀；爱国历史人物图片贴挂墙上，洪秀全太平天国起义，岳母刺字"精忠报国"……图文并茂；家训、家风，意蕴深长，入木三分。1929 年 2 月，陈建昌出生了。他所接受的启蒙教育，就在这所宗祠里。陈建昌的幼小心灵里，已懵懂种下了一颗爱国的种子。他在这里陆陆续续上了四年小学，战火一直没有消停过。辍学后，陈建昌一家以做草纸为生，换取粮票维持家里的日常生活所需，后来日本人入侵中国，战火烧到了楼塔境内，陈建昌家人带着年幼的他一起躲入深山。此时，他的小叔叔，作为一名中共地下党员，也从前线回来，发动群众一起抗日。

在深山过了一段时间之后，陈建昌和一些年轻的村民外出，想出去打工换点粮食，在外出的时候，碰到了一批挑夫，他们当时正给民兵运石灰，陈建昌毅然加入了挑夫的行列。在做挑夫的那两年，陈建昌辗转各地，历经战火的地方，尸横遍野，深山老林，饿殍满地。这些惨不忍睹的景象深深刻在陈建昌的脑海，也让他燃起了对日本侵略者的满腔怒火。1945 年 8 月，抗日战争取得全面胜利，举国上下欢呼雀跃，陈建昌也回到了家乡，和乡亲们一起建设家乡。

1951 年 2 月，二十三岁的陈建昌看到了张贴的"抗美援朝"的征兵告示，他回家和母亲商量："毛主席号召抗美援朝，攻打美国佬，我想去。"父母非常支持他去当兵。在大同坞自然村，一人参军，全村骄傲。陈建昌的小叔叔也前来送行，以一名党员的身份叮嘱侄儿："一个革命者必须有坚定的理想和信念，不管情况多么复杂，战争多么残酷，都要为人民贡献自己的一切。"叔叔的话如一盏明灯，从此引领他前行。

告别家人与乡邻，和村里的六位小伙伴一起，他们徒步前往县城体检。体检非常顺利，七人全部入选。出发前夕，部队领导问他们："愿不愿意去抗美援朝？"大家异口同声："听毛主席的话，愿为人民而战，愿为人民而死！"这句豪迈的誓言，在七十多年后，陈建昌陈述时依然口齿清晰，心潮澎湃。

二、毛主席的励志电报

时间就是生命，时间就是速度，时间就是力量。队伍集中之后，新兵立即奔赴萧绍运河边上的绍兴湖塘受训。让陈建昌特别激动的是，他第一次摸到了真枪！他已经在脑海中期待着自己在战场上真枪实弹作战的画面。

训练备战了两个月后，在萧山火车站，部队正式向朝鲜出发，经过长达七天七夜的时间后，列车终于驶入辽东安东（今辽宁丹东市），队伍被集中到安东市再集训拉练，主要是让新兵熟悉一下边境形势，给这些毛头小伙子壮壮胆。鸭绿江上空不断地传来美军飞机的轰炸声，战场上受伤后转入后方来治疗的军人到处都是，这更加激发了战士们对敌人的仇恨。

陈建昌和小伙伴们被分配到陆军部队，但陈建昌希望去装甲师当装甲兵。这让部队领导很为难，他们第一次遇到这群执拗又赤诚的新兵。一封电报从朝鲜飞向北京，毛主席回电："尊重战士的意愿，战士愿去哪就去哪，这样更能激发他们作战的勇气！"

于是，陈建昌被正式编入中国人民解放军华东军区装甲兵坦克一师工兵营6006部队一营二连，他成了一名坦克师的工兵。

稍做休整后队伍于第二天奔赴鸭绿江前线，陈建昌肩上扛着装了衣服、鞋子的背包，胸前挂着干粮炒面，腰间插着手榴弹，脖上挂着子弹袋，雄赳赳，气昂昂，万丈豪情胸中载。

三、行军路上的艰难险阻

10月下旬，部队来到鸭绿江边，听到了漫天轰隆隆的战机声音。石营长是一名经历过抗日战争的老兵，听到声音后，他下令，以最快的速度通过鸭绿江。但是，当时有好多战士都是新兵，影响了行军的速度，在美国轰炸机的狂轰乱炸下，走在后面的一营整个连的战士几乎全军覆没。噩耗传来，这让陈建昌对美国的痛恨空前强烈。战争就是这么残酷，还没到战场前线，就给了当头一棒。之后，在调整行军方案后，陈建昌所在的二连和后面剩余的战士为了躲避美国轰炸机，决定白天休息，晚上以黑夜为屏障，穿梭于崇山峻岭。

在朝鲜当地人带路下，每隔五里路就换一人继续带路。这样连续日夜行军，步行在弯里弯、山里山的山坳中，也不知东南西北，一股劲地跟着走，大多数同志脚底都走起了血泡。每到一地都受到了当地朝鲜族百姓的热烈欢迎。老百姓对他们很热情，称中国人民志愿军"是最可爱的人"，有的宁可自己床不睡也要让给他们睡。但更多的时候，是在荒山野岭。美军的飞机不时地在头上盘旋，战士高强度地绷紧着神经。白天休息，夜里摸黑前进，被山石树木撞得头破血流是常事，也有战友行军时一不小心跌入深崖。有时走着走着，战友一头栽了下去，"扑通"一声掉入江里，因为累，走着睡着了。朝鲜的天气，零下三十摄氏度是常态，战士捞出来后全身冻成了冰棍。

有一天深夜，突然下起了暴雨，大家只好躲到松树林里避雨。连续赶路，战士们一旦停下脚步，眼皮子就不由得合上，

巍巍河山，铮铮风骨

沉沉入睡，浑然不知自己已被冲下了山崖。直到第二天醒来，陈建昌才发现自己在山脚下的水坑里浸泡着。

还有一次，因为必须在七天内到达指定地方，部队在到达后就地找干草地休息，发现有一处地方摸起来比较干燥，还暖烘烘的，大家二话不说，躺倒就睡。后来发现竟然是一堆牛粪，牛棚倒塌后覆盖在牛粪上，再加上白雪随意点缀，被误认为是最佳床铺。大家纷纷自嘲："走了牛屎运！"

天时地利都不是现代战场的关键因素，更可怕的是美国人的轰炸机。美军不惜人力物力，在我军通往前线的交叉路口或狭窄交通要道重兵把守。每三架敌机为一组，不停地低空盘旋。一架负责扔照明弹，每五分钟扔一次，一次就是十来个，每个亮度相当于两百万支光（即两百万支燃烧的蜡烛），把黑夜照得如白天一样。另两架敌机在光照下寻找目标负责射击和轰炸。而且，每过几个小时就换一次岗。晚上，一里路程扔一个照明弹，黑夜如同白昼，让人寸步难行。每个战士身上，都不得不披着一块白布遮掩前行。我问陈建昌老人："您当时怕不怕？"他大声说："不怕。我宁愿死，任务一定要完成。"

四、工兵的肩头使命

1951年11月，经历二十天左右的急行军，终于到了前线，大部队在清川江附近会合。之后，陈建昌所在的二连划分到坦克一团，作为一名工兵，他负责保障、维护坦克的日常行军与作战。

每辆坦克都配有工程兵，坦克一旦出行有问题就要处理：

架桥、铺路是常事，休战时还要挖战壕找掩体遮盖。一有时间，他们就在连绵的山坳中筑工事挖防空洞。坦克一旦损坏，就被迅速转到后方修理，停放在防空洞里修。工兵们整日整夜地抡着铁镐挖防空洞，手上老茧血泡满是。一个防空洞一个班至少要挖十天才能挖好，包括洞内木架子都要架好，坦克才能进出，进行维修作业。整排的防空洞挖好后，道路还要修筑好，便于坦克进出。出行时，如果有路障，还得随时前去清理排除。如果前方桥梁被炸，一时材料不足，就要连夜上山砍树替代钢梁，工作时间没有白天黑夜之分。

有一次一辆坦克掉入山沟，陷入泥潭，当时正下着大雪，为了不影响前方战事，陈建昌和战友们冒着大雪，马上把坦克挖出来。朝鲜的山路复杂，雪泥下陷，可达一米多深，坦克一旦进入这样的泥潭，无疑是一项大工程，作为工兵的陈建昌和战友们必须把一段段圆木铺垫在泥潭里，为了迅速把坦克从泥潭里救出来，战友们在自己身上捆上杂草、涂上泥，往返爬行在被敌人的燃烧弹烧焦的山坡上，寻找能用的圆木，而后拖着圆木从山坡上往下滚。就这样，一天搜集了七十多根粗细不等的圆木，在团工兵连的配合下，终于将坦克从深泥坑中救了出来，并成功撤离了战场。

有时木头不够，需要到离驻地三五里的运输大队里去装木头。那天，陈建昌和战友坐着马车押送木头回到驻地后，战友想当然地从马车上跳了下来，"咔嚓"，双腿断成了两截，扑倒在了雪地上。原来他们因长久坐马车上不运动，双腿竟然冻得硬邦邦的，失去了知觉，连痛楚都感觉不到。许多战士没有牺牲在战场上，却因为天气寒冷而冻伤致残。

巍巍河山，铮铮风骨

陈建昌由于不怕吃苦，背物资，背伤员，修工事，排障碍，奋勇抢先，被部队授予三等功的奖章。

五、战场上的生死较量

朝鲜地形极为复杂，道路盘山跨水，弯急坡陡，车辆的机动性能受到很大限制。每夜前行途中，都有美国特务轮流前来搞破坏，坦克一被发现，信号弹发上去飞机就来轰炸。当时，志愿军空军尚未参战，地面防空火力薄弱，美军飞机在潜伏特务的配合下，猖狂至极，超低空搜索飞行，肆无忌惮地狂轰滥炸，封锁交通干线，特别是投掷凝固汽油弹，对坦克和汽车的行军安全构成很大威胁。大家对美军特务咬牙切齿，恨不得生双火眼金睛，立马把特务揪出来。有一天晚上下大雨，美军特务没有遮蔽的地方，只好前去树林躲雨。敌我双方集中在一起，仇人相见，分外眼红，一番较量，他们最终被装甲营一锅端，我们打了一个漂亮的潜伏战。

1953 年的春天，在板门店一次山地攻坚战中，陈建昌配合指挥部与坦克兵协调，对地方指挥部进行打击，几轮过后，丝毫没有对美军地方军造成严重打击。敌机在天上张狂轰鸣，照明弹虎视眈眈死盯着路口，嚣张得不可一世。作为工兵，必须保护坦克，掩护坦克。在敌机的强烈轰炸下，我方处于劣势，陈建昌毅然跑出坦克，悄悄迂回绕过火力去前方勘探。他静下心来，通过望远镜对敌方阵地进行观察和分析后，终于发现了破绽：敌方指挥部在之前打击点的后方七百米左右。在向指挥部汇报后，他即刻与坦克兵协调，通过调整炮身和目标，对敌指挥部实施打击，炸中了敌营的炮营阵地。几轮下来后，成功打掉了敌方指挥部，这为战士们拿下阵地起到了决定性的作用。这场战役，以胜利收场，陈建昌因作战勇敢积极，荣立三等功。

记得硝烟，记得炮火，记得焦土，记得尸横雪原、鲜血冻成猩红的冰河，也永难淡忘阵地上坑道里酷虐的冷。在零下30—40摄氏度的严寒中，同伴的手直接与枪冻成一块，无法分离。陈建昌的脚趾开始僵麻肿痛，溃烂流脓，有南方来的同伴因手冻僵，以为用热水可以解冻取暖，谁知一接触热水，整个手指上的皮肉直接脱落，就像油炸过的小酥肉。陈建昌也想用棉被取暖，但老兵告诉他，必须就地取材，用雪揉搓冻僵的手指，直到发红发热时停止，这才可以避免皮开肉绽。志愿军总部下发通知，为了防止冻伤的蔓延，建议战士们多多拥抱。其实，这在宿营地，早已经开始做了——紧挨着睡在旁边的同志，天天把陈建昌的一双冻脚，紧紧搂贴在他的胸口，一夜直至天明。

六、黎明前的黑暗

冰雪正在沿途的山岭和崖谷融化，朝鲜的迎春花——"金达莱"将细枝抽出岩缝，风一吹鹅黄的小花像金星闪烁；向阳的山坡上，灌木吐露初叶，远处的树丛间隐隐地飘浮起柳烟，展开片片嫩绿的草色。又是一个春天来临了。在两年多时间里，朝鲜战争打打停停，边谈判边打仗。

1953年7月，中国人民志愿军开始了夏季反击战役。7月27日夜，是陈建昌永生难忘的停战之夜。晚上10点停战，任何人不许再开枪开炮，违者以破坏停战治罪！9点半，板门店

巍巍河山，铮铮风骨

外面突然鸦雀无声了，后来听说敌人在9点至9点半这段时间内，将所有炮弹拼命打进来，"不打就没有机会打了"，到了9点半，敌人就提前半个小时停火了。大家都舒了一口气，"和平了！""停火了！"好高兴啊！听到了抗美援朝取得了决定性胜利，美国佬被彻底打败了的消息后，连队召开停战庆祝大会，红旗招展、鸣炮奏乐、载歌载舞。

上级考虑到美军可能会再次反攻侵略朝鲜，陈建昌的部队仍在朝鲜待了半年。那半年，他们仍在不断地挖战壕筑工事，做好备战准备。撤离朝鲜回国时，部队发给每人两块纪念章，一块是支援朝鲜纪念章，一块是和平纪念章。陈建昌回想起在朝鲜的日日夜夜，心中仍无限感慨，把自己生命中最可贵的青春岁月奉献给"抗美援朝、保家卫国"的伟大事业，他感到无上光荣，并在此向将生命留在那片战场上的战友，致敬！

七、归来仍是勇士

回程三天三夜，列车驶入天津火车站。在天津车站下车时，受到群众的热烈欢迎，他们高呼着口号："向志愿军学习，向志愿军致敬！"陈建昌的双眼湿润："祖国啊，我终于回来了！"

回到祖国后，由于在战争中的优异表现，陈建昌被调到华北装甲兵部队军官训练队担任炊事班班长，其间，由于他的工作表现优异，1955年1月，他荣获个人三等功一次。此时，他还只有二十七岁。

后来，由于在战争中受到的伤病的困扰，他的腰伤时常复发，陈建昌离开了部队，回到了家乡。在身体调整了一段时间之后，他又投身到了农业发展的第一线，积极带领村民种植水稻等农作物，保障祖国和人民的粮食供给。在此期间，他光荣地加入了中国共产党，先后曾担任萧山地质大队勘探队长、岩山铁矿爆破排长和大队民兵连长等职务，任劳任怨，埋头苦干。

如今，九十四岁高龄的陈建昌已行动不便，但精神抖擞，在他激昂而又颤抖着的语言描述里，在他几乎丧失了大部分记忆的脑海里，固执地保留着这一份七十年来胜利者的骄傲。我知道，如同肖洛霍夫的那篇著名的《一个人的遭遇》，这是属于陈建昌一个人的抗美援朝，而我已动容。

作家白落梅说："走过平湖烟雨，岁月山河。那些历尽劫数，尝遍百味的人，会更加生动而干净。"陈氏家谱，添陈建昌，何其光荣！激情燃烧的岁月不会因为记忆的绵长而被遗忘，所有抗美援朝的志愿军们，在历史的长河里，必将熠熠生辉！

巍巍河山，铮铮风骨

难忘楼塔"3·29"

文/郑 刚

1949 年 5 月 5 日，萧山县城宣告解放。解放萧山，金萧支队功不可没。而早在县城解放前，这支活跃在金萧地区的部队已经在萧山南片发起过多场战斗，消灭了多股国民党顽军，其中发生在楼塔茧厂的那场战斗尤为激烈。

1949 年 3 月 29 日，这一天是楼塔古镇历史上的一个重要节点，就在当天，金萧支队攻克楼塔，拔除了设在镇上茧厂的国民党据点。至今，说起这场战斗，亲历那个场面的老一辈楼塔人依然非常激动，他们对当时的一些细节记忆犹新。自然，在楼塔历史文化研究会的研讨过程中，"3·29"战斗是楼塔红色历史文化的重要内容，进一步挖掘所涉人物及细节，对提升红色楼塔的丰满度具有很大意义。

难忘楼塔"3·29"，难忘金萧支队的战斗精神，更难忘那场战斗中把鲜血洒在楼塔，把生命留在楼塔的共和国英雄们。

一

　　1949年3月下旬，为扫除国民党残敌，迎接全国的解放，同时，也为了即将在诸暨召开的中共浙东临委扩大干部会议的安全，牵制敌人，浙东人民解放军金萧支队决定拔除国民党在楼塔的据点。当时的楼塔茧厂有大院和多间宽敞的房屋，且交通出入方便，从1947年起，国民党部队就将这里设为驻军地。在茧厂附近的文昌阁、三头山制高点，国民党部队还筑有碉堡，另在村东侧洲口桥头、村南侧七分凉亭、村西侧大埠王家桥头、村北侧钱溪桥头等布下哨所，与驻军地一起形成楼塔的防守网。当时，国民党在楼塔驻有一个分队，相当于一个连的兵力。金萧支队估算到这场战斗的激烈程度，命令二大队队长陈芝先亲自率领二大队的第四、第六中队执行此项强攻任务。接到命令后，第四中队、第六中队在富阳大章村与江南县和路西县武工队会合，组成一支攻打楼塔的队伍，随后共同研制了作战方案，并决定成立由陈芝先任指挥、江南县武工队教导员李群任政委的临时指挥部。队伍分工明确，两个中队主力正面攻击茧厂据点守军，江南县武工队攻打三头山的碉堡，路西县武工队攻占位于河上通往楼塔必经之路上的文昌阁，以防来自河上之敌的增援。

　　在战前动员会上，指挥员陈芝先喊道："同志们！孵鸡娘要不要？"战士们齐声大喊："要！"对这支部队来说，被俗称为孵鸡娘的轻机枪显得十分宝贵，能有轻机枪缴获自然让战士们情绪激昂，同时战士们也知道，攻打这支国民党守军必定是一场激烈的战斗，大家从心理和战术上做好了充分的准备。28日晚上，经过十千米的急行军，这支参战队伍到达预定地点。在与楼塔隔溪相望的钱山岭，部队将战斗指挥部设在山头上。

二

战斗于29日凌晨4点左右打响。担任攻打三头山碉堡任务的江南县武工队战士一鼓作气冲上山头，发现这里的守军已撤回村中，于是改变方案，即刻下山配合二大队正面攻打茧厂敌军。而从三头山上撤回村中的一部分敌军躲在茧厂南面一百多米处，这里是下街和今楼塔前溪东弄的十字路口，当地称为三记（块）石头。敌军躲藏在边上的竹园内。此时天还未放亮，当二大队部分战士迂回到茧厂南面，途经这一带时，未料到躲在暗处的敌军。危急时刻，一名被称为乌痣的敌军机枪手蠢蠢欲动，刚准备开火，猛地被边上的同伙制止，并拉着乌痣窜入竹园东边的一间房屋，同伙低声喝道："你不想活了！"他知道，一旦枪响，两人即刻暴露，随后难逃被就地击毙的命运。这名敌兵的贪生怕死让二大队省去了不小的麻烦，也避免了战士们更大的伤亡。

金萧支队发起强攻不久，驻守文昌阁约一个班的敌军一看情况不妙，即刻逃之夭夭，路西县武工队没费多少枪弹，随即占领了文昌阁。在茧厂，占据了五间两弄走马楼的敌军爬上二楼屋顶负隅顽抗，企图利用这一制高点守住阵地。敌军居高临下，用轻机枪向溪水礁下游水圳边扫射，给这一带匍匐作战的进攻战士们带来很大威胁。刚交战时，茧厂内的敌守军比较乐观，认为只要守住一阵子，位于五千米外河上镇的萧山县大队一定会前来增援，到时内外夹击，把金萧支队逼出楼塔。战斗打响后，河上的一支国民党队伍确实在赶往楼塔，企图解救被困同伙。增援队伍还未进入楼塔，即遭到路西县武工队的迎头痛击，被打了个措手不及的增援队伍这才知对手早有防备，再也不敢贸然行进，顾不上楼塔守军的死活，掉头从原路撤退了。

战斗异常激烈，敌军利用精良武器和有利地形死守茧厂，近五个小时激战后，指挥部决定改变策略，火攻敌军。几名战士被派到上街寻找出售煤油的店铺，刚巧来到茧厂主人楼谱成经营的同泰百货店。当询问了来人所购煤油的用处后，虽然知道自家茧厂的房屋将被烧毁，但楼谱成深明大义，立即将二桶煤油卖给了战士。抬着煤油，战士们从上街到下街，一路赶往茧厂大院。浇上煤油的棉被架在五间两弄走马楼南面大门的木廊上，一点火，即刻燃起大火。当时的二楼屋内堆满盛茧所需的竹编茧箪，竹制品遇火即燃。没过多久，整个茧厂的房屋都被大火所覆盖。熊熊烈焰中，敌守军一片慌乱，无头苍蝇般地四处乱窜，纷纷寻找逃生之处，刚刚还打得起劲的两挺机枪也哑火了。见敌军妄想逃跑，二大队战士绕至茧厂北面二十多米的溪南沿沙埂，以此为掩体展开近距离对战。退路被切断，敌守军逃至北面一斜坡平房的后墙，找来一只大秤砣拼命砸墙，企图挖墙洞逃跑。无奈茧厂四周都被进攻部队包围，一名姓许的敌军班长，刚钻出墙洞，其枪口一暴露在墙外，即被二大队战士发现，当场被击毙，吓得同伙转身缩回到墙内，再也不敢轻举妄动。

火攻一小时后，敌军完全失去了抵抗力，走投无路下，纷纷缴械投降。整场战斗结束，金萧支队以毙敌十余人、俘获四十余人、缴获两挺机枪和五十余支长短枪，以及其他军用物资的战果，取得了楼塔"3·29"战斗的胜利。

当然，这场激烈的战斗也造成了当地百姓财物的损失，尤其是茧厂，因大火而毁。指挥部严格执行"三大纪律八项注意"，指挥员陈芝先于战斗结束后即手书字据一张，交给茧厂主人楼谱成，承诺对其进行赔偿。战前，指挥部也命令战士们，一定要保证老百姓的生命安全。战斗打响后，战士们帮助茧厂主人楼谱成的家属等在茧厂的老百姓陆续脱离险境。当撤出的百姓躲避到茧厂大院东邻居炳松嫂家中时，炳松嫂炒了年糕当作中餐招待邻居，同时邀请在旁的几名二大队战士一起用餐，但被战士们婉言谢绝。

三

残酷的战斗带来二大队和武工队战士的伤亡，除几名伤员外，有三位英雄在这场战斗中献出了宝贵的生命。他们的牺牲地点正是溪水礁下游水圳边。当时，战士们在此地匍匐作战，敌军架在茧厂二楼的机枪向这边扫射时，三位英雄当场中弹。共和国永远铭记三位烈士的英雄事迹，他们不是楼塔人，但他们是楼塔的英雄。他们分别是浙东人民解放军金萧支队二大队六中队副中队长郭永德、浙东人民解放军第二游击纵队第一支队战士陆宝财、浙东人民解放军第二游击纵队第一支队江南自卫队战士项顺泉。

对于三位烈士的记载，相关烈士英名录都有据可查。郭永德，又名郭金宝，浙江省浦江县中余乡普丰行政村大地自然村人，1947年11月参加革命，并且改名为郭永德。陆宝财，现富阳区东洲街道学校沙村人，从小务农，1946年在富阳参加革命。项顺泉，现富阳区常安镇项家村人，自幼务农，1948年10月参加革命。

为进一步了解三位烈士的生前事迹和家庭情况，2022年，楼塔历史文化研究会的相关人员决定实地走访烈士家乡，至5月底已走访了邻近地富阳的陆宝财和项顺泉两位烈士家乡，得到了之前没有见过的第一手资料。在走访陆宝财家乡时，得知他于1923年出生，家境贫寒，有兄弟三人，其排行老二，未婚，牺牲时年仅二十六岁。陆宝财三弟陆丁南之子陆法电向来访者反映：二伯父牺牲后没有留下任何遗物。这不但是家乡人的遗憾，也是楼塔人的遗憾。在项顺泉家乡了解到，其家中共有兄弟四人，他排行老三，因受其老师陈介进步思想的影响，遂走上革命道路。

楼塔"3·29"战斗给萧山南片的国民党军一个痛击，极大地震慑了周边区域的顽军。在和平年代，当每一个"3·29"来临时，群山围绕的楼塔古镇依然那么幽静，但了解这段红色历史的人，一定会感受到激荡在群山间的密集枪声。英雄在这里洒下过热血，烈士的英灵始终未离开这一片山头。英烈永存于楼塔，供后人仰望。

金萧支队解放楼家塔

文 / 楼士青

1949 年 3 月 29 日金萧支队楼家塔之战，是楼塔古镇历史上的重要节点。

1987 年版《萧山县志》对金萧支队楼家塔之战记载比较简略。为了寻找这场战斗的翔实资料，我向浙江省新四军历史研究会金萧支队分会的徐梁老师请教，徐老师马上发来了《中国共产党萧山历史》第一卷中有关金萧支队楼家塔之战的内容等资料，读后对这场战斗有了整体全面的了解，但也发现记载中的战斗地点还可具体明确，战斗经过还可充实介绍。日前，我偕楼塔历史文化研究会的两位会员楼杭松、楼迪锋，先后走访年近九旬的楼耕礼、楼仙法、楼子宽、楼关汉等知情长者，对这场发生在萧山解放前的重要战斗有了更加清晰、生动的认识。

中华人民共和国成立前夕，国民党在楼家塔的据点茧厂，坐落在楼塔古镇村北钱（前）溪边。茧厂大院由晒谷场、五间两弄走马楼和茧厂三部分组成，进院有约五百平方米的晒谷场。晒谷场后东面为五间两弄走马楼，坐北朝南，由楼宝仁和楼钟仁兄弟于抗日战争前合建，整幢房屋一楼还未拆隔，五间两弄楼房北面附搭一斜披平屋，用作灶间和柴房。东边一半为楼钟仁所有，西边一半属于楼宝仁。楼宝仁于 1945 年逝世，其房屋和茧厂归长子楼谱成、幼子楼才成居住和继承。

院子西面建有厂房十间，筑有老虎灶十座，属于楼宝仁财产。楼家塔周边当时盛行种桑养蚕，恰好楼宝仁的连襟朱学范在杭州开设汇成丝绸公司。楼宝仁收购乡邻蚕茧，在老虎灶上将蚕蛹烘干后，挑运至戴村永兴桥埠头，装船运到杭州为汇成丝绸公司提供原料。

1947 年起，国民党部队发现茧厂大院房屋新建宽敞，两住户只有十多人，位置在村边溪旁，出入行动方便，院内又有面积较大的空地可集合、训练。茧厂大院北，相距一华里许的三头山制高点筑有碉堡派兵防守，茧厂具备方方面面军事营房驻守条件，国民党就将蚕厂大院作为屯兵据点，驻扎一个分队，相当于一个连的兵力。

1949 年 1 月，解放战争中三大战役之最后的平津战役结束，解放军挥师南下。在渡江战役打响前，3 月下旬浙东人民解放军为迎接全国解放做好准备，金萧支队命令陈芝先率领二大队的第四、第六两个中队拔除国民党在楼家塔据点。这两个中队在富阳大章村与江南县和路西县武工队会合后，共同制定了作战方案，并组成了由陈芝先任指挥、李群任政委的临时指挥部，同时决定由二大队主力正面攻击楼家塔茧厂据点守军，江南县大队攻打楼家塔三头山的碉堡，路西县大队攻占由河上镇通往楼家塔的必经之路上的文昌阁，以防增援之敌。

富阳大章村距楼家塔二十华里，参战部队于 28 日晚均到达预定地点，指挥部设在与楼家塔隔溪相望的钱（前）山岭山头上。29 日凌晨 4 时左右，战斗打响，进攻三头山碉堡的江南县大队，冲上山头后发现敌军已撤回村中，于是即下山配合二大队正面进攻楼家塔蚕厂据点的守军。从三头山上撤回村中的敌军，部分埋伏在蚕厂南面一百多米，下街和今前溪东弄十字弄口，土名三记（块）石头南面竹园里。其中有位脸有黑痣，人称乌痣的机枪手。二大队在钱（前）山岭山上和蚕厂敌军激烈交战，夜幕中部分战士迂回到蚕厂南面，途经下街和今钱塘东弄路口时，设伏在竹园内的乌痣机枪手欲扫射不知敌情变化的二大队战士，幸被乌痣身边敌兵制止。他低声喝说"不想活了"，拉乌痣一道躲藏到竹园东边一间房屋里。敌兵自我保命，也避免了二大队战士更多伤亡的出现。

全线出击后，驻守村东出入口的文昌阁约一个班敌人即携枪逃窜，路西县大队便迅速占领了文昌阁。他们搬来柴草用火焚烧敌哨所文昌阁，用火光和烟雾向围攻蚕厂的主攻部队通报文昌阁已被我方攻占。占据蚕厂五间两弄走马楼的敌人，爬上二楼屋顶负隅顽抗，居高临下用机枪扫射溪水礁下游水圳边匍匐作战的二大队战士，副中队长郭永德和二名战士被射中壮烈牺牲。蚕厂守军不把二大队进攻部队放在眼里，误以为只要坚守住，十华里外河上镇的萧山县大队会来相救。岂料二大队等参战部队战前，已与萧山国民党县大队长赵承柱有过接触，让他认清形势，一旦我军对楼家塔蚕厂据点开战，叫他好自为之。当楼家塔战斗打响后，他派了一部分队伍驰援，途经毛庵凉亭时，路西县大队开枪阻击，敌军遇见埋伏，就马上撤退了。

战斗持续了近五个小时，被四面包围的敌军还在死守顽击。二大队战士从上街同泰百货店抬来二桶煤油，将浇上煤油的棉被用晾杆和晾扦丫叉举在五间两弄走马楼南面大门木廊上，点燃。二层楼房堆满盛茧用的竹编茧箅，遇火即着，大火迅即蔓延整个茧厂房屋。两挺机枪随即哑火，敌兵哇哇喊叫，鬼哭狼嚎，一片混乱。二大队战士立即过溪前进至距茧厂北面二十多米溪南沿沙埂，以此作掩体近距离作战。守军只得选择在房屋北面的一斜坡平房后墙用老秤秤砣砸墙，挖墙洞逃跑。守军许姓班长钻出墙洞时，枪口朝外，当即被击毙。当时，参战部队指挥叮嘱二大队战士，凡茧厂内老百姓逃生，要保证安全，不得伤害，在现场的房东人员陆续脱离险境。

战斗进行了6个小时，击毙十余名、俘虏四十余名敌军，缴获机枪二挺，长短枪五十余支，以及其他军用物资。

战斗结束后，金萧支队将四十多名俘虏押往富阳大章村的途中，在岩上村时，意想不到的一幕出现了。金萧支队一战士发现俘虏队伍中，一对青年男女穿着簇新时尚，男青年原是杭州安定中学西迁浙西就学时的老同学楼才成，连忙询问原因，方知楼才成也是茧厂大院房主之一，农历过年前刚新婚在家，遇刚才战事从墙洞逃离险境后，金萧支队战士误将楼才成夫妇当作敌军官和军官太太俘获。楼才成幸遇这位金萧支队同学相认，他向自己领导说明情况，部队首长向楼才成夫妇道歉，连说："误会，误会！"

当时，楼家塔茧厂据点守军不止这五十多人，交战时，有不在茧厂的，包括乌痣等听见枪战，都逃之夭夭。茧厂内王分队长是个兵油子，早就预找了退路，一见火烧茧厂，就从无人察觉的山墙窗户逃离至隔墙柴房躲避。

楼家塔战斗参战指挥领导执行"三大纪律八项注意"中

"损坏东西要赔"的规定，战斗结束后，陈芝先即手书赔偿字据一张给茧厂房主楼谱成，作为赔偿损失的承诺。楼谱成深明大义，之后没向人民政府提起这张字据的事情。

楼家塔战斗后，驻守萧山南部的国民党部队全部被肃清。楼家塔战斗，是5月5日萧山县城解放的黎明前，金萧支队在萧山县范围内规模最大、最为激烈的一次战斗。

"成仁取义"爱国情
——楼维清拒做日军挑夫宁死不屈

文 / 李沅哲

在楼塔镇楼英村的中祠堂中厅,悬有匾额"成仁取义"。

这四个字,是为抗日战争时期楼塔的一位村民——楼维清先烈题写的。题写之人为当时驻浙行署的国民政府军事委员会政治部部长张治中上将。据说,当时匾额悬挂之前,几位楼塔镇的村民抬着它在村里绕了好几圈,为的是让街坊都知晓这件光彩事。

中祠堂里还有一副写楼维清的楹联,上联"正气凛然,直面倭刀无惧色,舍生取义",下联"英风壮矣,昂头山坞有洪声,荣族光宗"。

1949年楼家塔修著了《仙岩楼氏宗谱》,其中有关于烈士楼维清的记载:"维清,字忠耀,自幼业农,不识字,生性敦厚,沉静寡言,品行贤良方正,就义时三十岁。"楼维清年轻气盛,因为坚决拒绝为日军作挑夫而惨遭杀害,壮烈牺牲。他视死如归的壮举令人佩服,村邻为有这样一个具有崇高民族气节的同乡而自豪。

　　当下，楼维清的后人已不在楼塔镇。此次接受我们采访的是一位从事历史文化研究的老人——楼士青。作为楼塔人的他，对楼塔再熟悉不过了，他如数家珍般给我们介绍发生在楼塔老街里的点点滴滴，一座宅院、一个三岔路口、一块匾的来历……他都能说上几句，不带一丝含糊。据他描述，楼维清就是一个"刘胡兰式"的人物。

　　在楼士青老人进一步讲述之前，我几乎很难想象这般风光旖旎的小镇，竟藏着这么多的烽火血泪。就像那些烟熏的马头墙，历经沧桑却不动声色，兀自挺起一抹嫩绿。

　　那时，楼塔上下皆惶恐不安，生活日趋艰难。由于上海、杭州的相继沦陷，机关遣散，学校关闭，众多在这些地方谋生、求学的楼塔人都返回了家乡。日军进入萧山，西兴、长河、闻堰、义桥的难民不得已纷纷涌入南乡，只要楼塔有亲朋好友的，都逃过来避难。有的因为长期避难，把女儿嫁到了楼塔。就这样，楼塔一下子增加了不少人。

　　1938年，由于日军的轰炸，位于城厢镇的县政府不得已迁到了河上凤凰坞。在萧山、富阳、诸暨相继沦陷后，楼塔及周围的山村成了沦陷区包围下的抗日根据地。一时间，楼塔、河上成了萧山的政治、军事、文化的中心。

　　1940年正月十四，日军的炸弹落到了楼塔。此后，楼塔常常遭受日军的骚扰，有时因为军队打仗，有时为了抢劫和掠夺。每次掳掠，日军都要抓几十上百人当挑夫，强迫他们搬运抢劫来的物资，当时的成年男子几乎都经历过被抓作挑夫的经历。鬼子离村时，总是押着浩浩荡荡的挑夫队伍。有时碰巧，挑着的就是日本鬼子从自己家里抢得的财物。那些物资门类齐全，应有尽有：大米、鸡鸭、猪羊、糖盐、布匹、衣衫、棉被、蚊帐……甚至有桌椅板凳、碗盏扫把。挑夫们一路上若稍有懈怠，立即会受到巴掌拳头的"招待"，如果反抗，刺刀就会捅进胸膛。有时也发点"慈善"，到目的地后，给每人发一点剩余物资作为"慰劳品"，例如一包抢来的香烟。

1943 年 1 月 14 日，驻诸暨山区的国民党军六十二师某部与日军交战，战火移向楼塔。日本鬼子奸淫掳掠烧杀，无所不为，楼塔百姓深受其害。

隔日，大部分日军还在村内挨户抢掠财物，少数在东纪坞山上活动，搜寻六十二师的士兵。他们不忘在四处躲藏的村民中拉出年轻人作挑夫。楼维清藏身在山溪沟里的一丛茅草下。下午时分，他被日军发现，从草丛中被拽出。三个日军把他推搡到三角道地的一丘七分田里。楼维清站着再也不肯往前走，日军哼哈吼叫，比画着要他作挑夫。

这时，村民廷水背着一个六十二师的伤兵，和几个被抓的村民一起，被日本兵押着从山上下来。在田头看到这场景，几个日本人叽里呱啦说起了话。廷水背着伤兵，劝维清不要硬干："还是与我们一起走吧。"

维清大声说："若是为国军做挑夫，义不容辞，给日本人挑担，坚决不去！"

因为日本兵催促，廷水等人背着伤兵便向村里去了。这个被背着的伤兵姓王，是个排长，后来被刺杀在村口义仓园出口的田里。

维清的强硬僵持，使看到这一幕的村民焦虑不已，躲在坟庵草棚里的几个老太想去劝说，可心里还是害怕。

只听维清大声喊叫："要杀就杀！"鬼子怒了，解下他腰上的肩布，把他的头蒙了起来，三个鬼子的刺刀轮番向他身上捅去。

维清倒下了。远处目睹这一幕的老太们掩面哭了。

一个躲在山坡上的六十二师的指导员目睹了全过程，他当时有一支手枪在身，真想冲下山去一拼，无奈寡不敌众，只得强忍。事后，他将这凛然正气的英雄事迹书面上报，驻浙西行署的国民党军事委员会政治部部长（副部长为周恩来）张治中上将为维清书"成仁取义"匾额一块，让英烈的民族气节光照后人。

当日，鬼子折腾到晚上才撤离楼塔，避难的村民是打着火把陆续回家的。此后两年间，日寇不间断地、反复地窜来楼塔骚扰，村民在恐怖和惊慌中熬度时日，逃难是三天两头的事，死难经常发生。1944年1月5日，年老体弱的七十一岁农民海朝（人呼"东狗"）受惊从村里逃出，惊慌中失足跌落村口田坎，当场摔死。1945年1月8日，日军进入楼塔百姓家中掳掠财物，或是将店铺洗劫一空。几百村民被抓作挑夫，将赃物搬运到大桥乡村的敌军据点。

为了获取更多的财物过春节，几天后，敌人又疯狂劫掠徐家店。在押挑夫返回时，忠义救国军和多支游击队突然出现在楼塔南北山上，从后俞山和金燕山两面狙击敌人，日寇和伪军仓皇逃命，把大量的物品沿途丢弃，从楼塔至河上的路上，狼藉满地，好多村民捡回了自家被抢的财物。

从1940年2月21日日机轰炸楼塔开始，到1945年5月22日，雪环、桥头遭抢掠杀戮，历时五年三个月，楼塔被日寇骚扰和轰炸共三十余次，杀我村民六十余人，奸淫妇女无从统计，炸毁、烧毁房屋五百余间，掠夺财物不计其数。

楼塔的破坏和损失是惨重的，但是始终未被日军占领！后期以白堰桥为界，大桥的乡村曾出现过日伪的"维持会"，日军却不敢在楼塔宿夜。军民同仇敌忾，寸土未失，楼塔是一块不屈的土地，成了诸、萧、富三县的抗日根据地。

时过境迁，爱国青年楼维清的音容已不在，他宁死不屈、成仁取义的英名仍长存于这座小城。他视死如归的英雄气概感人至深，催人奋进。借由楼塔古镇改造，位于前溪弄6号的老宅也挂出一块铭牌——楼维清故居。它如一尊文物静静地立在老街的巷子里，告诫后人牢记历史、缅怀英烈，楼塔人民是坚强的，楼塔人民是英雄的人民。

难忘峥嵘岁月　甘于平凡生活

文 / 朱文俭

　　孙水敖，1932 年出生于萧山区楼塔镇萧南村，1951 年跨过鸭绿江参加抗美援朝战争，编入坦克师第 1 团 7 连工兵排 1 班，相继参加了上甘岭、金城等重大战役。参加入朝作战两年中，他获得个人三等功两次，荣获十几枚勋章。朝鲜停战后，他短暂回国后又赴朝鲜参加战后恢复和建设工作。1955 年回国，1957 年回乡务农。

好男儿为国守疆

　　"雄赳赳，气昂昂，跨过鸭绿江。保和平，卫祖国，就是保家乡……"每当这首耳熟能详的《中国人民志愿军战歌》响起，孙水敖眼中就会饱含热泪。歌声将他带回抗美援朝那段硝烟弥漫、烽火连天的岁月。那时他还不到十八岁，在枪林弹雨中，他用坚强不屈的意志诠释着对党和祖国无限的忠诚与热爱，用血肉之躯筑起了保卫祖国、保卫家乡的钢铁长城！

　　1951 年前后，家乡已经完成了土改，家里分到了田地和山林，他身材高高壮壮，能上山砍毛竹，下田栽秧，浑身有使不完的劲儿。然而，1951年的抗美援朝前线，正处在朝鲜战争第一阶段最吃紧的关头。以美国为首的"联合国军"采用"磁性战术"和"绞杀战术"，靠强大的机械化武装一道道撕开我军的防线，并派大批飞机无所顾忌地轰炸扫射中国东北边境的城市和乡村，杀伤中国人民，破坏中国财产，严重侵犯中国领土领空。

在那战火纷飞的年代，从工人到农民、从城镇到乡村，处处迸发出高昂的保家卫国的热情，学生捐献了自己买糖果的零花钱，爱国青年纷纷加入志愿军保家卫国的行列。楼塔镇各村都在宣传参军抗战，孙水敖得知后第一个报名，怀着对军营生活的期盼和保家卫国的决心，通过身体检查后，换上一身戎装，随即准备动身出发。当年，孙水敖所在的楼塔镇就有一百多名青年人报名参军。1951年5月，孙水敖随着众多楼塔好男儿先后在萧山、杭州等地辗转学习训练一个多月，又坐火车抵达沈阳。在跨过鸭绿江之前，他和其他战友一样，集中学习朝鲜语一周。在接受首长战前动员后，于1951年8月8日晚8点，这支部队正式过江出兵朝鲜半岛。

一口雪一口干粮

孙水敖随部队徒步从丹东跨过鸭绿江，急行军一周后到达朝鲜新义州。每个战士都背着行军包，里面放着几双解放鞋、一周的干粮和水壶，腰带上挂着工兵铲、铁镐和四个手榴弹，手里拿着一把钢钎。到达新义州后，新兵们迅速调整状态，由老兵带着，翻山越岭马不停蹄地往三八线赶。为了躲避敌人，他们不得不采用白天在山洞隐蔽、夜晚急行军的办法。

新兵们气还没喘匀，美军战机便来了。

"好多好多飞机，一下一下地盘旋。飞机一来，地面就鸣枪示警，我们一听就隐蔽起来。"孙水敖回忆说，"飞机看见地面有人就扫射，有几次一边俯冲，一边打机关炮。"孙水敖他们躲在暗处，看得真切，原本好好的仓库，经战机三两下攻击就被夷为平地。

那年，朝鲜的冬天来得特别早，也特别寒冷，由于美军的战机狂轰滥炸，道路中断，运输车辆被炸，军需物资一时半会儿还不能送到，很多战士又渴又饿，一口雪一口干粮，干粮吃完了，只能抓起地上的野草就着雪块来填饱肚子。来自南方的战士们只穿着薄薄的棉衣，有的还穿着夏天的胶底鞋，到了晚上冻得瑟瑟发抖。

孙水敖他们的部队越走越冷，但行军的速度却越来越快。跑着跑着，有些新兵的背包就掉在了地上，无奈之下，他们只能夹着背包跟在后面。在急行军中，有的战士的鞋子陷在泥泞中，只能赤着脚继续前进，雪片雨水模糊了他们的视线；有的战士不小心从山坡上滑了下去，不是重伤就是死亡。

白天不能行军，战士们躲在地洞里，没有被褥，他们躺在干草堆里，挤成一团，头枕行军包休息补充体力，或者背靠背互相温暖。狂风呼啸，吹得他们满脸通红，脚被冰冷的淤泥冻得发麻，但是他们的精神却丝毫不受影响，累了，就活动一下手腕，捶一下腰。

保护坦克险命丧

1951年底，正是朝鲜战场战事最胶着的阶段，孙水敖清楚地记得，美国飞机飞过来的时候，用遮天蔽日形容也不为过。前线作战的坦克部队时刻受到敌机的轰炸，而我军能够运输到战位的坦克又少得可怜。

"这些可是我们的宝贝疙瘩呀，坦克配合高炮作战能够有效挽救无数志愿军战士的生命。"孙水敖回忆当年冲锋在前线的往事时，满脸的自豪，"大家都知道，在战斗前线要深挖战壕、防空洞，却很少有人知道我们的坦克也要钻进掩体，我当工兵主要的工作就是挖出合格的坦克掩体，保护好我们的宝贝不受损失，它可比我们的命还金贵呢！工事一尺，命大一丈。我们挖的掩体很深，要把坦克整个埋在掩体里。挖掩体的活非常累，我们没有机械工具，全靠三四个战士用一把铁锹和一双手。遇到松软的林地挖起来会轻松一点，如果在冬天，遇到坚硬的山石土地，依靠人工开挖一个坦克掩体，能把我们累得脱层皮。好在当时年轻，浑身有使不完的劲儿。挖工事累了，躺在防空洞里睡一觉就好了。"

有一天，孙水敖所在的部队刚刚到达新的阵地，战斗马上打响，他们最迫切的任务就是在最短的时间内为坦克挖掩体。当时天寒地冻，地面下石块又多，工事开掘难度很大，但他们什么依靠都没有，只有一双手。他们先用铁镐一寸一寸刨开冻土，挖出一块块大石，几个人抬走。大家的手磨出血，血和泥土粘在一起，但没有一个叫痛叫苦。

他们的意志战胜了困难，掩体马上就要完工。当时，孙水敖和一个战友在坑道下，两人合力想把一块大石头挖出来，但很快发现，这石块太高太大，挖不出，拔不动，只能一点点挖开石块周边的泥土。慢慢地，石块松动了，他俩一人一边拔石块，眼看要拔出来了，没有想到坑壁的土方"轰隆"一声塌方了，他俩被土石严严实实埋了起来，一下子就失去了知觉。

后来，他们被上面的战友手脚并用地挖出来，孙水敖的战友被石头砸中了头，失去了年轻的生命。万幸的是，孙水敖只是受了点皮肉伤，也没有休息就又投入了战斗。

九死一生护战友

"我们阵地方圆十余公里，人烟荒芜，部队物资运输的设备在美方空军的打击下损失严重，多数物资只能进行人工搬运。"孙水敖说。为了保障部队最基本的物资供应，他和战友有时不得不翻山越岭寻找市集和农户，通常每个人都要扛着几十公斤的物资，来回运送时间最长的要五天五夜。为了提防美军空中打击，他们只能在深夜行动。

一个月明星稀的夜晚，孙水敖在执行筹粮任务的回程中被美军飞机发现，飞机的轰鸣声、密集的枪弹声在他的头顶上响起。

"快！寻找掩护物躲起来。"一声令下，孙水敖与战友们抱着粮食袋冲进一片丛林四散开来。

为了躲避炮弹，孙水敖和一位战友钻入密林深处，发现了一块巨石，他们迅速将地上的树枝和杂草盖在身上，蜷缩在巨石的后面。但不知是敌人发现了目标还是无意而为，敌机轰隆隆向他们头顶俯冲而来。孙水敖用尽全力推了战友一把，自己也借势一个翻滚，沿着斜坡滚出二十多米才撞到一棵大树停下来。

"当时的枪弹如下雨一般向地上砸来，我们藏身的大石头上火星蹦得老高。如果慢一点，命就丢了。"孙水敖激动地说。

敌机飞远后，孙水敖找到战友，发现战友毫发无损，而自己的左眼眉骨被崩过来的石块划了个大口子，鲜血直流。他们返回刚才的炸点处，发现爆炸的弹坑大约有两米深、四米宽，离自己滚出的位置近在咫尺。像这样惊心动魄的场面，他已经记不清楚经历了多少次。

1953年，孙水敖从前线归国，而跟他一起出生入死的排长、连长、指导员的生命，却永远留在了朝鲜。

留朝援建友谊长

1953年7月27日，战争双方在朝鲜停战协定上签字。至此，历时两年零九个月的抗美援朝战争宣告结束。孙水敖跟随部队回了国，驻扎在北京丰台，并参加了当年的天安门广场阅兵仪式，接受毛主席、朱总司令等党和军队领导人的检阅。他非常兴奋，离家两年，战争胜利了，他的心早已飞回了几千里外的家乡。但一道命令挡下了他急切回乡的脚步，他和战友们又要返回朝鲜，参加朝鲜人民的战后恢复和重建工作。

抗美援朝战争结束后，朝鲜大地一片狼藉，到处都是断垣残壁，重建工作迫在眉睫。

"那个时候，我们每天的任务就是筑堤坝、盖房子、修学校。据说，我们当时挖了六千多万立方的土，能绕地球一圈半呢。"

为了帮助朝鲜人民恢复建设，志愿军战士付出了大量劳动。

"我们修建了八个大堤坝，帮助朝鲜人民灌溉农田。"说起往事，孙水敖如数家珍，"那个时候，朝鲜的房子基本都被炸毁了，我们给他们盖的房子都做了美化。我们在河边捡鹅卵石，然后摆成'中朝人民友谊长存'图案，粘在墙壁上。"

"我们的工兵还要排雷，平整土地，帮助朝鲜人民恢复生产和生活。我们修复了好几条铁路，建了大小桥梁一千多座，还重修了火车站，让铁路恢复交通。当年志愿军专列从国内能一直开到朝鲜的云山，那是个军港，运送给养。后来，1955年回国的时候，我们也是从那里坐专列回国的。"

从 1953 年到 1955 年，在朝鲜待了整整又三年，孙水敖终于又回到了祖国。

回乡务农传薪火

孙水敖在志愿军 6006 部队是一名工兵，在抗美援朝战争中个人荣立两次三等功。1955 年，他转业到浙江省地质队，两年后返乡务农，从此一心做个农民，深藏功与名。用他自己的话说："在家务农，为家乡变得美好做出应该做的也能做的贡献。"

五年的军旅生涯，虽然常常是处于命悬一线的境地，但孙水敖幸运地回到故乡。部队锻炼了他强健的体魄，磨砺了他坚强的意志。在家乡，他积极参加修桥铺路、筑坝建屋工作，谁家田里忙不过来，他给以帮助，谁家生活困难，有大灾小难的，他乐于资助。他永远牢记自己是一名抗美援朝老兵，事事处处冲在一线。提起他的名字，村里大人小孩子没有不竖起大拇指的。

孙水敖对儿孙辈严格在村里也是出了名的。他要求他们能吃苦、多干活、乐助人。他还鼓励儿孙及亲戚子女积极参军，在他的感召下，儿孙辈就有几人光荣参军。

孙水敖说："老兵们最大的期盼不是自己健康长寿，而是抗美援朝精神薪火相传；他们期盼'最可爱的人'永远活在国家和民族的记忆中，像红色基因一样代代相传。"

"作为一名入朝老兵，要时刻谨记为人民服务的宗旨，为国家和社会多做贡献。"谈到现在的生活，他说，"我有幸见证了新中国成立以来翻天覆地的变化，我为自己生活在这个伟大的时代感到自豪！"

七十多年前，肩负伟大历史使命的中国人民志愿军，在中国共产党和毛泽东主席领导下，在彭德怀司令员率领下，高举国际主义和爱国主义旗帜，紧紧依靠中朝两国人民，以无比的勇敢精神和智慧，同朝鲜人民军并肩作战，打败了以美国为首的"联合国军"和南朝鲜军队，赢得了战争的胜利，为维护世界和平、促进人类进步事业做出了重大贡献。

打得一拳开，免得百拳来。在抗美援朝战争中，无数像孙水敖这样的志愿军战士用他们的干粮加步枪，用一个个鲜活的生命打了一场"立国之战"，打出了新中国的志气，更打出了半个多世纪的和平。

今天，生活在幸福之中，请你记住一个名字——楼塔萧南村抗美援朝老兵孙水敖。

寻找俞金松

文/周 亮

　　事先联系了大黄岭村的俞伟峰。俞伟峰自 2021 年 11 月份始，挤出空余时间，收集了大黄岭村参加过解放战争、渡江战役、抗美援朝的先烈和前辈。大黄岭村有四个自然村：斜爿坞、夏坞、水阁里和王岭脚。斜爿坞自然村参加过抗美援朝的有三人，即俞飞（俞子文）、俞钦华（俞林茂）、倪淑贞；夏坞自然村参加过解放战争、渡江战役的有二人，分别是俞丙土、俞文昌（烈士），参加过抗美援朝的有五人，分别是俞金松（烈士）、俞妙安（烈士）、俞位如、俞忠浩、俞兆法；水阁里自然村参加过抗美援朝的有三人，分别是俞福康、俞妙士、俞关坤；王岭脚自然村参加过解放战争的有一人，即王寿根（烈士），参加过抗美援朝的有 1 人，即王恩松。

　　一个村居然有这么多的革命前辈，实在是一个英雄辈出的英雄村。

　　俞伟峰还发来一张图片。

　　　　革命牺牲军人家属光荣纪念证（殁字第零零壹號）：

> 查俞金松同志在革命鬥爭中光榮犧牲，豐功偉績永垂不朽，其家屬當受社會上之尊崇。除依中央人民政府〔革命軍人犧牲病故褒恤暫行條例〕發給恤金外，并發給此證以資紀念。

签发人是主席毛泽东。

落款时间为一九五二年十月。盖有"中華人民共和國中央人民政府之印"。

俞金松烈士纪念证编号"歿字第零零壹號"，他究竟是怎样一位英雄？

2022年5月21日，我来到了楼塔镇大黄岭村，希望通过走访了解抗美援朝的英雄俞金松。经过俞伟峰的联系，我找到了俞金松烈士最近的亲属俞利刚。

俞利刚三十多岁，是俞金松烈士哥哥的孙子。他告诉我说：俞金松烈士生前没有结婚，因此也没有留下后代。俞金松烈士在兄妹六人中排行老二，因为年代久远，七十年前牺牲的俞金松烈士事迹已经被湮没。俞利刚只记得小时候听奶奶，也就是俞金松烈士的嫂子说过，俞金松烈士个子高大，十五六岁就离家去富阳、临安等地做纸、做木匠。后来参加了中国人民志愿军，是董存瑞式的舍身炸碉堡的战斗英雄。

大黄岭村的热心人士俞中华提供了一份浙江省民政厅的档案（1950浙烈字第000513号）。上面记载俞金松烈士生于1929年，生前所在单位及职务为中国人民志愿军第40军120师第359团1营机炮连战士，牺牲时间、地点、原因为1950年11

月在朝鲜平安北道鱼龙堡战斗中，炸毁敌坦克而壮烈牺牲。

有了确切的时间地点，应该能找到俞金松烈士牺牲的详细经过。

功夫不负有心人，还真找到了。

中国军事百科全书编审室发布过一段文字（浙江省民政厅档案中的鱼龙堡战斗应该就是鱼龙浦战斗）。抗美援朝战争第二次战役中，中国人民志愿军第40军第120师第359团奉命强渡清川江，攻占美军所占的鱼龙浦及江东岸阵地，阻击球场方向美军援兵，配合第118师歼灭新兴洞之美军第9团。

1950年11月25日，第359团发起进攻。时值严冬，气温达-20℃以下。当面守军为美军第2师一个步兵营、一个炮兵营和一个坦克营。该团官兵不顾美军密集火力封锁，在一米多深的江水中破冰冲锋，首批攻击分队一个连又两个排全部牺牲，后续分队前赴后继，有进无退，奋勇突破了美军江防阵地。部队登岸后，官兵不顾全身结冰，冲过一千五百多米的开阔地，首先攻占美军炮兵阵地，缴获一百零五毫米榴弹炮十八门，随后攻占鱼龙浦，歼灭美军两个连，并切断了球场通往新兴洞的公路。美军第2师立即投入预备队第23团，在飞机、坦克的支援下由球场向鱼龙浦进攻，新兴洞的美军第2师第9团也进行反扑，企图南北夹击，打开通道。志愿军第359团顽强固守，守卫前沿阵地的第2连激战12小时，两个排全部牺牲，但阵地屹然未动，圆满完成战斗任务，有力地配合了第118师的作战。11月30日，志愿军领导人给予第359团通令嘉奖。

抗美援朝战争第二次战役，发生在 1950 年 11 月 7 日—12月 24 日，中国人民志愿军在朝鲜人民军配合下，将以美国为首的"联合国军"及其指挥的南朝鲜（韩国）军诱至预定战场后，对其突然发起反击的战役，收复"三八线"以北地区，这是扭转朝鲜战局的一次战役。

二次战役志愿军在军隅里、三所里、龙源里、松骨峰、长津湖等地进行了惨烈的战斗，著名的战地通讯《谁是最可爱的人》、三十八军"万岁军"等事迹就产生在这次战役。

第 359 团切断美军后撤公路，美第 2 师随即反扑。根据战史，美军出动飞机、坦克企图打开通道。志愿军的轻武器打在坦克上铛铛作响却无能为力，黑色的硝烟中，坦克像一头黑色的钢铁巨兽轰鸣着，倾轧着摧毁着一切阻断的工事，眼看南北夹击的敌人就要会合，志愿军的作战任务即将宣告失败。

俞金松烈士站了出来，他夹着炸药包，匍匐前进，跳跃着在弹坑中躲避"嗖嗖"的枪弹。近了，更近了，俞金松一跃而起，拉响了炸药包。

"轰"，敌人的坦克燃起了熊熊大火，阻断了公路。

英雄的俞金松，血染疆场。

七十二年后的 2022 年，我走在大黄岭村的斜爿坞。山坞两边茂林修竹，在春风的吹拂下唰唰作响。倚山而建的农居庭院里鲜花怒放，老妇挎着竹篮沿着山道蜿蜒而上，山村宁静得像是一幅画。

我想起了俞伟峰的一句话：我们现在安定幸福的生活是千千万万革命先烈和先辈用鲜血和生命换来的。

我也找到了大黄岭村俞和良写的诗歌《回家》。

今天

天空静默，江河呜咽，

中国空军战机缓缓从韩国机场起飞，

飞过"三八线"，

跨过鸭绿江，

带着英魂朵朵。

娘在天堂看到你啦，

爹在这边念叨你，

你进入了祖国领空，

就是躲入爸妈的怀抱，

孩子，不哭。

机场拱门是给你的最高礼遇。

云抚你的白骨，是永远的安慰，

风随你的呢喃，是无穷的挂念。

娘听到了，你说：

"娘，我回来了。"

"爹，您也好吧。"

回家，

这里是你的根，

是你日思夜想的祖国，

你终于回来了！

娘等了你七十年呐。

孩子，

你走的那年是1950年国庆节后吧，

在临安做木工，

悄悄参加了志愿军，
托人带来的木工箱，
看到了你歪歪斜斜的一行字：
"娘，对不起没告诉你，
"我要去朝鲜打仗了！"
那一晚娘哭了一夜。
你爹被日本鬼子炸死的时候，
你才十岁，
咱母子俩相依为命。
你长高了，
你曾说："国家解放了，
"共产党给我们分了田地，
"我要去学一门手艺，
"将来讨个老婆，
"让娘早点抱上孙子。"
儿啊，你才十七岁呀！
娘心疼你呀，
娘想摸摸你的脸，
亲你一下。

娘赶到车站的时候，
车子已经开动，
娘追不上，
但娘看到你了，
你也看到了娘，

窗里窗外泪如雨下，

眼泪打湿了手中的包裹，

包裹里是两个鸡蛋

和一把来不及让你带走的家乡的土。

娘听到你在大声喊：

"娘，我走了，

"你要多多管牢身体，

"等我回来。"

娘等你！

你走后，

娘每天在村口盼：

"我的儿呀，

"你啥时候回家呀？"

娘怕自己眼瞎耳背，

看不清你的模样，

听不到你的话。

直到有一天，

乡武装部的同志告诉娘：

"你儿子在朝鲜牺牲了，

"是个董存瑞式的战斗英雄！

"他写下了血书，身上装满了炸药，

"与敌人的坦克同归于尽。"

娘再也撑不住了，

瘫坐到地上。

可娘不信，

因为没有见到你的身子。

娘强忍着泪水，

把"光荣烈属"的匾额包起来，

放到枕头底下，

那里还有你雕刻的岳飞精忠报国的木雕。

娘等了一辈子，

盼了一辈子，

终是没等到你回家的这天。

娘也要走了，

娘对村干部提出唯一的要求，

就是把娘葬在村口的山坡上，

娘哪也不去，

就在这里守着，

等你回家。

今天，你回家了，

还是记忆里那个十七岁的少年，

是那个偶尔会跟娘撒娇的娃，

更是那个敢跟敌人拼命的英雄。

娘要摸摸你的头，

亲亲你。

好儿子，

娘要告诉你：

"国家强大了

"侵略者不敢来了！"

今夜

繁星满天，山河无恙，

月光下的中国是这样的宁静，

俯瞰中的家乡是那样的耀眼，

你期盼的一切都已实现。

娘看到你了，看到你了，

你是天上最亮的那颗星。

娘守着你，守着我们的小家，

你守着国，守着我们的大家。

娘把"光荣烈属"的匾额刻在墓碑上，

他乡埋忠骨，

心向故国生，

飒飒旌旗为你挥舞家乡的风采，

漫山杜鹃为你指引回家的路。

为什么战旗美如画，

英雄的鲜血染红了它，

为什么大地春常在，

英雄的生命开鲜花！

楼仲南将军的故事

文 / 钱金利

楼仲南，1935 年出生，萧山楼塔雪环桥头村人。少将军衔。1947 年就读于萧山县立初中，1949 年参军入伍，1954 年加入中国共产党，历任文书、干事、正副处长、南京军区干部部部长等职，1989 年任江西省军区副政委、江西省政协常委。曾立二等功两次，参加 1965 年北京国庆观礼，受到毛主席等领导人接见。

一、没有架子的楼将军

"将军回来了！"

"楼仲南将军回来了。"

这一日，雪环桥头村像水烧到了一百摄氏度，开始沸腾起来。小山村的人们用各自的方式，相互传递着一个让人内心激动的消息："楼将军回来了。"

自 1949 年秋天当兵，这个从楼塔小山村里走出去的将军，跨过数十年的光阴，这一日，终于回到了阔别已久的家乡。楼先生说楼将军是退休后，大概 2000 年回乡省亲的。因为楼将军回乡，这一日，雪环桥头村像过节一样热闹。毕竟，一个小山村，出一个将军，是一件十分了不起的事情。在那个年代，出一个大学生都是一件十分罕见的事，都要好好地庆祝一番，何况出一个将军？

记得小时候玩军棋，下暗棋，我们都很重视旅长以上的棋。排兵布阵，严加保护，若非必要时刻，不出击，出击则要一举成功。旅级以上军棋若丢失，会很肉痛。若是军长丢失，则感觉塌了半边天。虽然为了战略需要，脸上不动声色，但心里感觉已经是输了半副棋了。一个小小的山村，竟走出了一个将军，一个军级的大干部，若放在以前，说出去没人相信，肯定是讲"大头天话"。但这是事实，这个当年从雪环桥头村走出去的小兵，一路奋力向前，成为少将。说起来，小山村的人都觉得面上有光。"楼仲南将军，是我们村的，是楼塔的。"说话的神情，好像楼将军不是他自己的，而是村里人的公有财产。你要说楼将军不是雪环桥头村的，人家会和你拼命。人家争什么西施，当然不如争一个将军更有意义更有面子。更何况，不用争，楼将军就是雪环桥头村的，人家想争也争不去。所以，在雪环桥头村人的心里，楼将军被授少将军衔，不仅是为国为家为自己争光，更为家乡人民争了光。这么大的官回乡省亲了，在家的乡亲们都要出来见一见。有几个在外的，听说了，也特意赶回来，只为见一见楼仲南将军。毕竟，一个小山村，出一个将军，不容易。毕竟，小山村的村民，终其一生也见不到这么大的干部。要见楼将军了，很多人内心还很忐忑，很惶恐：这一辈子都没见过这么大的官啊！

楼先生说，楼将军是从村口走进来的。他陪着楼仲南将军从村口往里走，一路走，一路问候乡亲，和每一个乡亲都亲切地握手、问好。阔别家乡数十载，眼前，几乎都是陌生的人，但又都是熟悉的人。因为都是乡亲，一个小山村的人，同根同脉。从一个二三十岁的小青年脸上，可以看见他四五十岁父母亲一辈的样貌，也可以看出他六七十岁祖父母一代的影子。楼将军握着一个二十多岁的小伙子的手，仔细地询问他的父亲是谁，他的爷爷奶奶身体可好，又握住一位七十多岁老人的手，一起回忆，过去共同的岁月……

年过六十，岁月无情，白发已经爬上额头。阔别虽久，但乡音无改。楼仲南将军操着一口标准的雪环话，一个一个握手，一个一个问候。都是熟悉的陌生人，都是陌生的熟悉人，随便问候一句两句，向上问候一代两代，都会产生出记忆的交集。

这块生他养他的土地，让他感觉亲切。这里的每一座山每一条溪每一棵树每一枝草，都让他感觉亲切。他一遍一遍地问候乡亲们，乡亲们也一遍一遍地问候楼将军，也很亲切。村民们都说，楼将军这么大的官，一点没有官架子！一见就是亲人，生出浓浓的亲近感，就跟我们普通老百姓一样。见将军前那种忐忑、惶恐，通通都没了。只想拉着他的手，多说几句话。只想把他拉到家里去，坐一坐，吃碗茶，抽根烟。

楼先生说：将军太平易近人了，让人自然而然地生出一种亲近感。回到雪环桥头村，楼将军就不再是将军，而是雪环的儿子、兄弟、乡亲。共产党人的宗旨是全心全意为人民服务。他的心中装满了老百姓，他就不是"官"，而是"公仆"。

楼仲南将军的第一个孩子，名字叫——"向群"。

二、勤俭朴素的大干部

1985 年，秋天。楼先生偕夫人去南京看望楼仲南。当时，楼仲南已任军区干部部长，住在军区小洋楼里，有一个园子。园子里，楼仲南亲手种着很多时鲜的蔬菜，萝卜、青菜、茄子、南瓜、芹菜、大蒜什么的。这些蔬菜，带着浓浓的家乡味。一进园子，那种熟悉的味道就出来了。

楼先生说那次印象十分深刻。当时楼仲南亲自带着他们参观了中山陵，看了南京长江大桥，又上了当时中国第一高楼"金陵饭店"。站在上面的旋转厅，可以看到南京全貌，十分壮观。看到这些心心念念传说中的风景，心情自然是十分激动。不过，印像最深的不是这些风景，而是楼仲南家里的一个铝饭盒。

从那个年代过来的人，对那种铝饭盒都会记忆犹新，长约一拃，宽约半拃，一个长方体的铝制饭盒和圆柱形白色搪瓷杯一起，组合成为我们去围垦种地、去学校蒸饭或外出打临工的必备件。一般人家都会有两个三个，出门在外，蒸饭带菜方便。

那天楼仲南在家里宴请楼先生夫妇，乡亲来访，一家人很是客气，用心准备了丰富的饭菜。不过，时隔将近四十年，到底哪些菜，楼先生已经记不清楚。但他清楚地记得，当时用的餐桌是一张老式的八仙桌，和家乡小山村的一模一样。他猜肯定是从家乡搬去的。餐桌上，用一个铝饭盒装了一条红烧鱼，那铝饭盒显然也是有年头了的。从心里猜测，这个铝饭盒或曾陪伴着他就学、当兵，陪着他从绍兴军分区到浙江军区到南京军区。或许，这个铝饭盒一路见证着他从一个普通的士兵到抄写员，到入党，到提干，见证他成长为少尉、中尉、副部长、部长……

铝饭盒很牢固，经得起长途的折腾，经得起岁月的消磨，但毕竟只是一个铝盒子，有点像现在的快餐盒。红烧鱼当时是很好的菜，对客人，楼仲南一家很客气，尽力招待。但对自己，他们很是节俭，节俭到近乎苛刻。在家里，竟用铝饭盒装菜，其他的碗盘餐具，也都是杂七杂八，各式各样，不成体系，看上去有些寒酸。

楼先生说，他很震撼。这么大的一个干部，竟然还过得这么节俭，自己种蔬菜，用老家用旧的八仙桌，用铝饭盒装菜。家里甚至连一套像样的餐具都没有。

勤俭节约，是中华民族的传统美德，是我们党的优良传统和作风。事实上，这也是楼仲南将军一生坚持的原则。在很小的时候，收割季，爷爷就带着他去捡稻穗，若有饭粒掉在桌上，总要教育他捡起来吃掉，不浪费一粒粮食。这让他真正体会到"谁知盘中餐，粒粒皆辛苦"的内在含义。

一粥一饭，当思来处不易；半丝半缕，恒念物力维艰。楼仲南将军在自传中说："在县城独自上学那两年，钱都是一分一分算着花，都用于必要的日常生活学习用品，从未买过一次零食……对自己所用物品，一针一线，一纸一笔，都十分爱惜，从不浪费。哪怕一个衣扣掉了，也会找回来，交给大人……"

"钢笔是上初中时不得不买的，到1955年薪金制后才换……"

节俭是个宝。或许，对楼仲南将军来说，这样一种作风和品质，已是深入骨髓。如此，才会在有条件享受的年代，仍不折不扣地保留着节俭的传统，不折不扣地保持一个共产党人的本色。

三、勤奋好学的楼仲南

"知识改变命运，读书改变人生。"楼塔人、雪环人，都相信知识的力量，有重视读书的优秀传统。萧山中学 1938 年第一任校长楼建寅，就是雪环村人。后面 1939 年、1940 年等等，每一年都有姓"楼"的学生。说起来，楼塔人重视读书，有传统的。

当年雪环村与桥头村还没有合并，雪环村有个私塾。私塾有二十来个大大小小的学生，老师是当时很有学问的"子芹"先生，私塾的举办者楼仙林，是楼仲南的爷爷。楼先生比楼仲南小一岁，两人曾一起在私塾共读过半年。楼先生说那个时候楼仲南老老实实，本本分分，读书很用功，很有名气。仙林太公的孙子，永堂伯的儿子，成了别人常常挂在嘴边的别人家的孩子，用来作为激励自己孩子的标杆。

楼仲南从小就喜欢读书。上学很自觉，从未逃过学。在私塾读书那四年，虽然日本鬼子常来扫荡，读得时断时续，但一直很用功，学得也很扎实。后来到楼塔镇上读书，路很远，单趟要走一个小时。他每天都是天蒙蒙亮就起床，一大早赶着去学校。早起上学，成了习惯，他的身体里就像装了一口闹钟，到时间，就自然会醒过来。

有一次，因为前一天干活实在太疲累了，楼仲南醒得晚了，连忙起床，仍难免要迟到了，急得大哭，饭都不吃便要赶去学校。就因为这样的学习态度，所以，楼仲南的成绩一直很好，在学校里经常受到表扬。他在自传中说，从驻舟山岛回军区机关，改行写作，搞文字工作后，"我的文字和理论水平都不高，为了适应新环境，我拼命学习。除了实际中向领导和同志们学，还在晚上读夜大，平时多看语法修辞和哲学等书籍，所以进步很快，分析认知能力和文字表达能力有很大提高，不久就基本适应工作，乃至逐渐成为了部里文字工作骨干"。

此后，提少尉、中尉、副部长、部长，被授"少将"衔，一路走来，都与他不断学习，努力向上不可分割。

1990年9月至1991年9月，楼仲南将军还入国防大学学习一年。老父亲得知后，感叹："年纪这么大了还读大学？"

"活到老学到老。"读书，学习，应该是一个人不断前行的动力之源。不管何时身处何地，都不应该放下学习。这是楼将军给我的最大的启示。

2020年，八十五岁的楼仲南将军把自己珍藏的一千五百余册书籍捐赠给楼塔，看着一册一册已经泛黄但保存完好的书籍，看着书页中楼将军认真写下的读书笔记，看着这些涵盖政治、经济、军事、领袖文选、诗集等多个类别的书册，我不禁感叹：这些陪伴楼将军一生的书册，将成为一种有温度的传递。把这样一种勤于学习、勇于自我革新的精神，在楼塔一代一代地传递下去，必将为楼塔和雪环桥头的发展提供源源不断的澎湃动力。

青山埋忠骨，热血照千秋

文 / 黄建明

在楼塔、河上、戴村三镇之间，有一座大山，主峰老鹰石，奇峰突起，形似老鹰，海拔 740 米，为萧山第二高峰。这座大山，民国《萧山县志稿》卷二"山川"是这样记载的："众峰环峙，雪时皆白，居其地者，如处水晶宫。"雪湾大山名称由此而来。

雪湾山山坡，有一座村庄，叫雪环桥头村。

村内有座雪存庵，听这名字，就知道此庵地处高山，雪才会留存，不易融化。

大家都知道，楼塔岩上村有龙尾巴潭，吸引了王勃来题诗。既然有龙尾巴，那么，肯定也有龙头。这龙头潭就在雪环桥头村，该村 2005 年由雪环村和桥头村合并而成。

龙头潭潭水呈黑绿色，炎炎夏日，凉气逼人，坐在潭边光滑的岩石上，望着潭水，使人觉得幽静中蕴含着凉爽，瑰丽中又透着神秘。

楼塔在萧山抗战史上占据浓墨重彩的一笔，文有楼曼文，武有蒋英武，民有楼维青，"忠义楼塔、红心不改"是最宝贵的财富，是新时代楼塔发展的灵魂与支柱。

一条萧富古道，串联起萧山与富阳，从而使这个雪环桥头村，变成了难得的战略要地。从萧山河上镇里谢村翻桃高岭至楼塔镇桥头村，再翻田小岭至楼塔镇直坞村，再由直坞村翻章家青岭可达富阳中方坞村，这条山间小道被称为萧富古道。雪湾大山富阳面的山脚是中方坞村，村后有三个山头，分别叫元宝山、老湾岗、会山岗。其中元宝山和老湾岗是萧山和富阳的界山，而会山岗在富阳境内，当年在这里曾有过新四军与日军交战的故事。

雪环村村民楼关贤，1935年出生，曾任雪环大队大队长；雪环村村民楼国水，1939年出生；桥头村村民楼关生，1936年出生，萧山统战部退休。雪湾山大战发生的时候，最大的楼关贤已经十一虚岁了，最小的楼国水也已七虚岁，他们从大人的口中了解到这次战斗的大概，是八九不离十的事，可信度较高。现在三人的年龄，都在八十岁以上，从他们的口中，我们可以了解到楼塔的陈年往事，以及七十多年前，那火红的记忆。

楼塔历史文化研究会会员楼迪锋非常喜爱萧山本地的历史文化，特别喜爱楼塔的历史文化，他为了留住楼塔的历史，曾经采访过这些健在的老同志，从中了解到一些新四军与日军交战的故事细节。这些丰满而又普通的细节，完整地展现了楼塔抗战的线索，为后人留下了难忘的瞬间。

1945年5月21日深夜，新四军四纵十一支队后勤部队从富阳大章村经岩上、岩下、楼家塔，向雪环村隐蔽挺进，目的是配合大部队围剿盘踞在河上镇的国民党顽固派。当夜，十一支队后勤部队夜宿雪环村，战士们借用村民家的门板和稻草铺地，大部分睡在祠堂里，还有的睡在村民家中。次日清晨，他们又将稻草捆扎好放回原处，做到对当地百姓秋毫无犯。然后架起大锅煮粥，煮好后还没来得及吃，就接到了紧急军情，原来有一支日军获悉了后勤部队的行踪，要来突袭。战士们立刻收拾行装，准备转移，临行前，还不忘嘱咐乡亲们可以把他们煮好的粥分吃掉，然后从雪环村后的白虎湾上山。不料日军早已抵达雪环大山尖，从高处向新四军开了两炮，当时炸死了两名战士。新四军随后向乌龟石方向转移，被日军困在东坞湾。新四军在山上过了一夜，次日利用山地竹木茂盛的特点，巧妙地撒下一百多顶草帽，并迅速撤离该地区。日军被撒下的草帽所迷惑，以为是新四军的阵地，发起猛烈攻击，而新四军则趁机折返，从日军所占的山头下面撤走，过岭下张、中方坞、大黄岭安全转移。

日军随后在雪环、桥头掳掠，村民纷纷逃到山上去，雪环村村民楼章林父子来不及逃出，被一群日寇围住戏谑，他们将父子二人反复推下土纸料塘里取乐；另一村民楼其昌，被抓住做脚夫，其昌不从，趁机逃跑，被日寇从背后开枪打死。桥头村也有一位村民楼如全，被日寇枪杀。

战后几天，雪环村村民上山，发现了毛竹山上的毛竹上，刻着几行字——

"百姓们，我们走了，不好意思打扰你们了！"

又有人发现了两具新四军战士遗体，当时的雪环村保长楼廷杰（1886—1951）组织村民将两名不知身份的战士草草地就地掩埋了。这个楼保长，虽然名不见经传，但为楼塔保留了一份光荣的印记。

1964 年，楼塔公社"小四清"运动，时任杭州市委第二书记的王平夷来楼塔公社视察。看到熟悉的山，熟悉的水，这些熟悉的景，勾起了王书记满满的回忆。当年，他是金萧支队第八大队的大队长、教导员，率领战士们在楼塔雪湾大山与日寇作战，他清楚地记得，当时牺牲了一名指导员和一名通讯员。

　　时任楼塔公社人武部部长的楼海昌听后，立即向王平夷书记汇报说当年雪湾村村民发现两名新四军战士遗体的事情。后来经核实，这两位新四军战士就是王平夷所说的指导员和通讯员。到民政局查找资料得知，那位指导员名叫蒋英武，而那名通讯员一直没有查明姓名。据说解放后当地两名妇女在树丛中发现残骸，并捡到烈士的胸牌，民政局才确定身份。

　　当王平夷书记了解了烈士被发现的整个过程后，表情怎样？心情怎样？当事人大多已离世，现在无从知道。王书记站在新修的烈士墓前，心情想必也是五味杂陈，既为战友的牺牲而伤心，也为战友能入土为安而感到欣慰。

　　王平夷书记的战友牺牲在楼塔，这在当时是一件大事情。所以是年 10 月，楼塔人民公社决定将两位烈士的遗骨迁葬山下的桥头村东南黄泥湾，由楼塔公社人武部部长楼海昌、桥头大队民兵连长楼炳全等负责安排。建造桥头蒋英武烈士墓的泥水匠是俞志和，原籍次坞，迁居直坞。负责建烈士墓的是当时的楼塔公社人武部，凡是有武装民兵的大队，都派 1—4 名武装民兵参加这项活动。楼三大队是楼关堂、楼仙忠、楼森山、楼祖兴四人参加。烈士遗体是富阳岭下张的村民埋葬的。牺牲的地方是在雪湾大山靠近富阳岭下张的山上。在岭下张村民的指引下，烈士遗骨被找到了，被存放在两只木制的肥皂箱内背下山，在桥头村口建坟。

1984年当地政府又组织重修，1991年由萧山市统战部楼关生等筹款，再度修葺，并给烈士墓立碑，碑文"蒋英武烈士之墓"。墓坐北朝南（偏西42°），墓包呈馒头状，水泥质，高一米五，直径两米七。一棵巨大的樟树矗立在墓前，姿态虔诚。枝丫伸出长长的手臂，似乎在向我们召唤着什么。

2004年，杭州市园文局公布蒋英武烈士墓为杭州市文物保护点，墓地南有杭州市文物保护点的保护标志碑。2005年，萧山区民政局重修烈士墓。2019年，楼塔镇人民政府对烈士墓再次修缮，对其周边环境进行整治改造，辟为蒋英武烈士陵园，占地面积两千多平方米，主要分为两个区域，包括蒋英武烈士墓、楼塔抗战纪念馆，其中纪念馆布展面积约三百多平方米，烈士墓园占地面积二百四十三平方米。2021年2月，蒋英武烈士墓入选浙江省第一批不可移动革命文物名录，与萧山其他入选的十二处革命文物一起，共同打造"萧山英烈之旅"。

"碧血浸染南乡大地，壮志凝成绿树红花"，蒋英武烈士不是萧山人，到底是什么地方人，至今不为人知。蒋英武烈士具体是什么时候出生的，现在也无从查考。蒋英武烈士的生平事迹，也永远消失在时间的深处。"新四军第四纵队第十一支队的战士"，这是他留给我们的唯一线索，也是他留在人世间的唯一痕迹。当然，他是哪里人、什么时候出生、生平怎样已不重要。重要的是，为了赶走侵略者，他英勇战斗，把宝贵的青春献给祖国，把满腔的热血洒到楼塔大地，这就足够了。

雪湾山还是那么苍翠，龙头潭还是那么碧绿，这一路的山，这一路的水，静静地带走了时间，掩埋了世间的尘埃喧嚣，却掩盖不了英雄的痕迹。

这山，这水，正是因为有了这人，才有了无限的生机。

这山，这水，正是因为有了壮士的傲骨，才会散发出令人怀念的高贵。

山铭记，水铭记，铭记蒋英武烈士的不朽。

"青山埋忠骨，绿水吊忠魂"，年轻的蒋英武没有想到，在他身后的这片土地，后人的生活是美好的。

他，用赤诚肝胆和青春生命，捍卫自己不屈的民族；他，在不老的青山与绿水面前，雕刻飞翔的姿势。历史的巨轮滚滚前行，蒋英武的事迹不能忘却。

青山埋忠骨，热血照千秋

雪湾山上杜鹃红

文 / 金柏泉

　　今年的清明节，天朗气清，没有那种"清明时节雨纷纷"的惆怅氛围。地处会稽山余脉的萧山楼塔一带的低山丘陵，被满山红艳艳的杜鹃花渲染得春光明媚。

　　要不是史料记载及老一辈村民的口口相传，谁也不会想到，七十七年前的春夏之交，也是一个满山开遍杜鹃花的日子，在一个叫"雪湾山"的地方，我们英勇的新四军部队，与日伪军及国民党顽军发生过几场激烈的战斗，六名新四军战士长眠于这片土地。

　　怀着对革命先烈无限的敬仰之情，趁此好天气，驱车前往位于楼塔镇雪环桥头村的蒋英武烈士陵园瞻仰凭吊。

　　蒋英武烈士是这次战斗中壮烈牺牲的六名先辈之一，他生前为新四军第四纵队第十一支队战士，殉国时年仅二十岁。战斗过后，当地群众偷偷地将烈士的遗体就地掩埋，后移葬于楼塔镇雪环桥头村，经数次修葺，建成目前这座庄严肃穆的蒋英武烈士陵园。这也是后人对在这次战斗中牺牲的所有革命烈士进行纪念的场所。

肃立于烈士墓前，心潮起伏，久久不能平静。那似乎早已远去的一幕幕历史画卷及一个个战斗场景，像幻灯片一样回放于泪眼前……

　　1945 年的五月天，与常年没有什么两样，上午还闷热难耐，下午却寒风瑟瑟，时而阳光灿烂，时而细雨蒙蒙。暖湿的环境，最能孕育崭新的生命，也能把脱落的松针、树枝之类的陈腐物熏蒸得霉气逼人，让人喘不过气来。唯有那鲜艳的杜鹃，我行我素于石缝、陡坡、溪边，恣意开放，装点着这个有点诡异的世界。

　　这一切自然现象，正好昭示着当时的社会环境。

　　1945 年初，德国败局已定，日本侵略者在中国军民的顽强抵抗下已是强弩之末，世界反法西斯战争进入最后胜利阶段。中共中央适时调整战略布局，决定成立新四军苏浙军区，并电令华中局"积极布置南进"。华中局又指示苏浙军区"首先进占浙西敌后地区……与浙东打通联系，控制全浙江，尔后相机向东南发展"，为迎接对日大反攻做准备。

　　打通设立于安吉孝丰地区的浙西根据地与立足于四明山区的浙东根据地的联系，富阳、诸暨、萧山一带成为关键，而三县交界的萧山县临时政府所在地河上店是必须攻克的关节。本文要描述的就是我浙东、浙西新四军在横渡富春江、攻打河上店过程中与日伪军和国民党顽军在楼塔雪湾山一带展开的战斗场景。

　　这次渡江东进的主力部队是由苏浙军区四纵政治部主任曾如清和第十一支队支队长余光茂、政委张孤梅率领的四纵第十一支队担纲，共一千七百多人；浙东区党委书记、苏浙军区第二纵队（浙东游击纵队）政委谭启龙和浙东第三支队支队长蔡群帆率领的本支队第二大队及临时组建的"参观团"于5月10日从四明山梁弄出发前来接应，迎接即将东渡的四纵十一支队主力部队。

渡江战斗打得异常激烈。东、西两岸的新四军部队互为犄角、密切配合：河东，谭启龙、蔡群帆等首长率部于5月18日晚10时向中埠渡口挺进，顺利夺取中埠渡口和对岸的汤家埠渡口；河西，曾如清、余光茂、张孤梅等首长率领的苏浙军区四纵十一支队抵近河西的汤家埠渡口，随时准备渡江。20日拂晓，渡江战斗打响，至上午10时左右，西来的四纵十一支队全部兵力胜利到达东岸。整个过程历时三十六小时，完成攻打河上店的我军主力部队在富春江东岸集结。

富春江东岸，除了江湾处有一块不大的平地，往东，被一片山地阻挡。

这是一片小山，最高峰也不过七百多米，相对于动辄几千米的高原大山，无疑是小巫见大巫；这是一群大山，在平原为主的杭州湾两岸，这片山地包含着萧山县域内的第一、第二两座高峰，被当地人津津乐道的雪湾山之战，就发生在地处楼塔境内、海拔七百四十米的第二高峰雪湾山上。

河上店就处在这片山地以东的狭长山谷里。部队开向河上店，如果选择走平地，要向北绕道义桥，不仅耗时费力，大摇大摆走大路，更是兵家大忌。热兵器时代的战争贵在神速，出其不意打他个措手不及是用兵之道。假借山林掩护，兵分几路，翻山越岭，合围河上，成为两支部队首长的共识。

当时驻守河上店的国民党部队只有萧山县国民兵团四个中

队，共三四百人，兵力上完全不是我军的对手。但可以肯定的是，其周边驻军到时一定会驰援河上店，尤其要防范距此不远、盘踞在大桥一带的日军见机趁火打劫。攻打河上店一役不能掉以轻心。

5月20日凌晨从中埠上岸后的新四军部队，直奔五十里，到达富阳与诸暨、萧山三县交界的大章村。稍加休整后，于第二天（5月21日）午夜，四纵第十一支队和二纵三支二大队从富阳大章村悄悄出发，兵分两路包围河上店：十一支队本部取道田村，其后勤部队经岩上、岩下、楼塔，向雪湾山隐蔽挺进；武装部队则经伊家店、后树畈进入雪湾山一带，保护后勤部队从背后穿越至河上店。三支二大队经次坞正面袭击河上店。

实施正面攻击的三支二大队打得非常顺利。国民党在河上店的守军兵力不强，他们虽然事先也做了排兵布阵，将四个中队的士兵分散于周边山地，准备抵抗一阵，但在我强大的新四军部队面前，简直不堪一击。战斗打响没多久，隶属于国民兵团几个中队的士兵即向县治西北方向的山岗逃跑，县长罗杰也早已不知去向。

真正的硬仗，在经雪湾山包抄的第十一支队主力部队与日军之间展开。

山里的天气说变就变，上半夜还见那半圆形月亮在云层里穿梭，眼下竟淅淅沥沥下起雨来。漆黑的夜没有一丝光亮，被树木遮蔽着的狭小山道上，更是伸手不见五指。四纵十一支队后勤部队的几百号人，鱼贯行进在高高低低的山路上，只能凭着感觉向前摸索。不时听到有人滑倒甚至滚落斜坡，也不敢发声呼救。被荆棘擦破点皮、踩到竹签刺穿脚底更不在话下。最

雪湾山上杜鹃红

难的是后勤部队的炊事人员，他们不仅要留意脚下的乱石，更要照顾好背上的大锅、肩挑的粮食，常常被两边的树枝荆棘挡住，进不能退不得。

如此跌跌撞撞几个小时，树丛中传来叽叽喳喳的鸟鸣声，天渐渐亮了。这时部队已经来到了楼塔、河上、戴村三地之间的雪湾山深处。眼看周围都是一丛丛鲜艳欲滴的杜鹃花，还有红、黄、紫、白各色野花，分外绚丽；种田红挂在绿色的藤蔓上，让人看一眼就要流口水；举头向西南方向望去，只见有一块巨大的岩石"飘浮"在晨雾中，活像一只在山顶上临风而立的老鹰。这支西来的四纵十一支队官兵，大多是浙西苏北籍。

经过急行军，大家才突然感到浑身寒意。昨晚在细雨蒙蒙中行军，汗水和雨水早已湿透了薄薄的衣衫。当时爬山体热，也没有心思顾及冷暖，现在终于静下心来，阵阵山风吹在身上，寒战一个接着一个……

正在此时，突然得到戒备哨兵的警讯，有敌军向我方靠拢！

话说三支二大队攻下河上店后，在诸暨应店街等地扫荡的数百名日军，闻讯分路向河上店扑来。狡猾的日军掌握到我军十一支队的后勤部队隐蔽于雪湾山中，悄悄进山，慢慢靠近我方后勤部队，企图顺道吃掉我方这支战斗力相对薄弱的非战斗部队。

真是冤家路窄，我新四军四纵第十一支队路远迢迢从浙西来，就是来收拾你们这些末日将临的恶魔的，现如今你们竟然自己送上门来了——但当下不是与你们决战的时候。部队指挥员一方面命令战斗分队立即予以迎击，拖住敌人，一方面带领大部队迅速撤离，避其锋芒。

话分两头。战斗分队为了减缓快速机动的日寇步伐，给后勤人员撤离争取更多的时间，近距离与日寇周旋。这些身形矫健的年轻战士，大多是山区的孩子，无论翻山越岭还是爬树过溪，早已练就一套飞檐走壁的本领。一会儿躲在树丛中，捡一块石头往几十米外一扔，发现动静的日军呼啦啦围过去一阵扫射，战斗队员从背后就是一梭子枪子儿，再送上一颗手榴弹，三五个鬼子顿时报销；一会儿爬上竹梢，瞄准敌人的脑壳放一冷枪，然后利用竹子的弹性飞一样从竹梢上消失……鬼子又气又急，嗷嗷直叫，下决心必须全力把这些机智的新四军消灭掉，才能专心追击新四军大部队。他们调整策略，集中火力，将战斗分队的十几名队员逼上一个地处富萧边界、萧山人叫"白虎湾野猫窝"、富阳人叫"老湾岗"的山岗。

这是一片长满膝盖高杜鹃花灌木的开阔山地，战士们的身形完全暴露在了日军的枪口前，一排排密集的子弹向这边射来，情况万分危急。两名新四军战士为了掩护战友撤离，壮烈地倒在了满眼都是杜鹃花的山岗上。蒋英武是其中之一，这是一位长着一张娃娃脸的苏浙军区四纵队第十一支队年轻战士；另一位烈士的身份至今不明，成为无名英雄。

腾出手来的日军，继续向前追赶，在一处茂林前，突然停下了推进的步伐。他们发现两三百米开外的灌木丛中，有新四军埋伏——绿色的树丛，没有完全遮蔽住一顶顶标配的新四军箬帽。

"卧倒！攻击！"随着一声歇斯底里的战斗口令，一发发迫击炮弹、一排排机枪子弹一齐射向我军埋伏点。狂轰滥炸好一会儿，炮火引燃了树林，却不见新四军反击，也没有发现新四军外撤的迹象，日军渐渐起了疑心。

原来啊，这是智慧的我军指战员为日军导演的一出空城计大戏……

眼看日军紧追不放，队伍中有人突发灵感向指挥员建议，是否可借鉴三国故事中"草船借箭"的情节，用假象诱敌围攻，自己趁机金蝉脱壳，并说出用箬帽伪装埋伏点的具体做法。

指挥员闻言觉得有理，命令照此行动。大家纷纷取下挂在后背的箬帽，将它或戴或挂在一棵一棵灌木上——远远看去，一百多顶箬帽若隐若现于灌木丛中，活像一支埋伏在这里面的部队。等日军发现苗头哇啦哇啦向这个"阵地"围拢后，才知中计了。这时，我新四军后勤部队早已欣赏完这台闹剧，从容撤离到安全区域。

扑了空有点气急败坏的日军，继续利用山地隐蔽前进，与从伊家店经雪湾山向河上店包抄过来的新四军四纵十一支队武装部队主力遭遇，展开激烈交火。日军的突然出现阻碍了这支新四军部队按计划向河上店靠拢。当时，另一路经次坞正面进攻河上店的日军四百余人也已赶到，从东、西两面夹击三支二大等部，我军奋力反击，包括石连江、章时光在内的四名新四军战士在这场战斗中牺牲。

当时的战斗场面十分混乱，新四军一时无法判明投入河上店攻防战的敌情。为了保存实力，新四军主动撤离战场，转移至雪湾山，占领山头有利地形，将日军甩在山腰沟底，后取道富阳岭下张、史家山返回大章村。

战斗结束后，雪湾山上的烈士遗体，被发现在杜鹃花盛开的高坡上。不知是鲜艳的杜鹃花映红了烈士的鲜血，还是烈士的鲜血染红了杜鹃花，那山岗，永远地刻上了红色的印记。

当地群众含着热泪将烈士的遗体就地掩埋。后来，蒋英武烈士遗骨于 1961 年从山上移葬至雪环桥头村口，其墓经多次修葺、扩展，形成目前的蒋英武烈士陵园；石连江、章时光两位烈士，也早已安息于河上镇凤凰坞村的烈士墓，还有另外几位不知名的英雄，一起接受后来者永远的缅怀和敬仰。

　　此文许多素材由徐梁老师提供，并参考《抗日战争在萧山》一书，在此一并表示由衷感谢！

雪湾山上杜鹃红

他为中国空军装上了"千里眼"
——记新中国第一代飞机设计师楼国耀

文 / 朱华丽

　　1957 年 11 月，毛泽东同志在莫斯科大学礼堂与三千名中国留苏学生代表见面，并发表"希望寄托在你们身上"的著名讲话。"世界是你们的，也是我们的，但是归根到底是你们的，你们年轻人朝气蓬勃，正在兴旺时期，好像早晨八九点钟的太阳，希望寄托在你们身上。"主席的话被热情的学生的掌声淹没了。就在前一天晚上，莫斯科各大学的中国留学生收到通知，第二天全体学生到莫斯科大学大礼堂集合，毛泽东同志有可能来看望大家。自从中国代表团来到苏联，留苏的学生都兴奋地等待着这一特殊时刻的到来。当时在几千人中，有一名莫斯科茹科夫斯基航空学院飞机工程系的军事留学生就在离毛泽东不远处，这就是楼国耀，他是离毛泽东同志最近的学生之一，距离就在咫尺。这名年轻的留学生眼神一刻不离地盯着台上，认真地聆听主席每一句讲话，生怕漏掉一个字，早已抑制不住内心的激动。当那段振奋人心的讲话响起，礼堂中雷鸣般的掌声经久不息，像充满激情的浪潮一样汹涌澎湃，久久无法退去。

这段著名的讲话回荡在莫斯科大学礼堂，激励着千万名留苏学子，包括在现场的楼国耀，也响彻了整个中华大地，深切鼓舞并振奋着新中国青年追寻梦想、勇攀高峰。

楼国耀是新中国成立后第一批赴苏联莫斯科的军事留学生，与千万留学生一样，他如饥似渴地学习知识，渴望早日学成归国、为国效力。主席的话仿佛还在耳边回响，转眼留学期满，1960年，他带着留苏几年里积累的专业知识和满腔的报国热情，回到了中国这片故土，他要做"早晨八九点钟的太阳"，早日实现直冲云霄的蓝天之梦。

这位新中国培养出来的第一代飞机设计师的故事就此拉开序幕。

他的传奇故事还要从预警机开始说起。预警机即空中指挥预警飞机，是指拥有整套远程警戒雷达系统，用于搜索、监视空中或者海上目标，指挥并可引导己方飞机执行战略任务的飞机，它被称为空军的眼睛，战略地位非同寻常。"二战"中，它在苏联抗击德国法西斯入侵的战斗中屡建奇功。

新中国成立后，中国防空雷达数量不足，尤其是东南沿海地区的山区，存在着大量的雷达盲区。1969年，我国开始研制空中预警机，要求将一架"图-4"轰炸机改装为空中预警机，命名为"空警一号"。当时还在西安603所的楼国耀被调去担任"空警一号"技术总负责人、总指挥，担起了大梁。他带领团队先要考虑两件事，第一步把地面雷达搬上飞机，解决看得远的问题，第二步再解决改进和发展的问题。尽管20世纪60年代英国和苏联已经相继研制出了各自的预警机，但从我国当时的技术条件来看，这的确是个高难度的任务，因为在飞机上加装预警雷达天线不是一件简单的事，把雷达背在轰炸机上可不像把米袋扛上肩那么简单，需要对飞机总体上做较大的修改，没有经验的摸索注定充满坎坷和未知。由于楼国耀之前学的是气动力专业，算是专业对口，所以，制订改成预警机的选型试验大纲和完成选型试验任务自然落在他的身上。迎难而上是勇气更是责任，但担心不无道理。时间线拉回 1954 年，苏联在对"图-4"加大马力的改型设计中，出了机毁人亡的事故而宣告改型失败，主管工程师和首席试飞员殉职，这次的任务难度可比苏联更改"图-4"原型要大得多，未知的困难也必然会接踵而至……

楼国耀骨子里有股韧劲，既然接下了这根硬骨头，就非要把它啃下来不可，他暗暗跟自己较上了劲。他带领着团队不光白天潜心研究，吃饭睡觉想着这件事，连做梦都在梳理试验结果、推导气动力学相关的数理公式，想尽快梳理出个头绪来。高强度的工作加上连续工作的劳累，就算铁打的汉子也扛不住啊，他高烧到 41 至 42 摄氏度。一般人高烧起来，脑子肯定浑浑噩噩，别说思考，能照顾自己就不错了，但高烧中的楼国耀却愈发清醒，他的心中只有一个信念：一定要成功。他在高烧中反复推导那些"数理公式"，有心人，天不负，他终于找到了选型试验的关键方案，基本摸清和确立了"空警一号"机的选型思路，解决了关键的飞机前后重心问题。后来，楼国耀所带领的团队做出的判断、实验和计算工作的正确性和精确度，被试飞员们所信服。

航空部授予楼国耀"有特殊贡献的老专家"称号，他是当之无愧的中国空军的幕后英雄啊，称号的背后是他无数次的坚持和付出。笔者跟随着楼塔历史文化研究会的楼士青老先生，走进楼国耀的故居（现为楼塔古镇的游客接待中心），走进楼塔古镇下祠堂，听着一个个关于他的故事，肃然起敬，祠堂上方悬挂着"剑铸长空"匾额，浓缩地诠释着这位航空英雄辉煌的一生。

1999年，退休后的楼国耀定居厦门，和在当地工作的女儿一起生活，远离他曾热爱并付出一生心血的飞机事业。在厦门定居的那些日子，楼国耀从不轻易向别人说起自己的辉煌往事，这样低调的一位英雄鲜有人知。有一次，媒体报道抗美援朝时，常香玉女士带豫剧团募捐义演，用义演所得购买飞机捐献给中国人民志愿军，飞机命名为"香玉剧社号"，楼国耀忍不住告诉女儿他就是那架飞机的机械师。女儿楼红英女士听后也惊愕不已，她无法把那么传奇的经历和眼前这位寻常老人联系在一起。他与小区里无数普通老人无异，早起早睡，饭后散步，只有在承包家庭大大小小和机械有关的工作时，才让他有种曾经的熟悉感。偶尔，他也会抬头凝望，望着厦门湛蓝的天空和碧蓝的海水相交的远方，那是他曾经梦想翱翔的地方，和同事并肩作战的阵地。铁血男儿也有柔情的一面，他们的柔情饱含着情系祖国的爱，也有心系家人的爱。据楼国耀女儿回忆，她印象中父亲哭过两次，一次在听到母亲去世的消息时，另一次是在1999年——已定居厦门的楼国耀在电视上观看国庆大阅兵，六架威猛"飞豹"编队，一丝不差飞跃天安门上空，接受党和人民的检阅，此情此景，他看得老泪纵横。飞机是无数个日日夜夜陪伴他的事业，是他永远割舍不掉的情怀啊，不轻易说起往事，但往事于他而言仍然历历在目。

除了参与研制中国第一架预警机"空警一号",楼国耀还参加"运-7""歼轰-7"等十多项国家重大飞机型号的研制任务。关于飞机的无数公式早已像符号一样刻入他的脑海中,成了身体的条件反射。到了晚年,这位飞机设计师患上了阿尔茨海默病,渐渐忘记了一些原本重要的人和事,有时已经连回家的路都找不到了。即便如此,他依然清楚地记得他坚持了一辈子的东西,如同当年在莫斯科大学礼堂聆听到的教诲和期望……前几年,楼国耀的儿子从国外回来,也是搞航空的儿子问父亲一个问题:您记得飞机的升力公式吗?那时头脑已经混沌的楼国耀一字不差地背出了公式。

2019年7月16日,新中国培养的第一代飞机设计师在厦门辞世,享年九十一岁。深藏功与名,他在他乡第一次"出名"是他的子女们在《厦门日报》刊登的讣告。

远处群山环绕、松竹修茂,近处街巷纵横交错,沿着青石板和鹅卵石铺就的巷道,路过马头墙和黑瓦的时光,走进楼塔古镇的深处,楼国耀魂归故里。楼塔下祠堂悬挂的牌匾上"剑铸长空"的大字记录着他对事业的执着与付出。他的敢为人先、干在实处的优秀品格和卓越贡献永远铭记在楼塔人的心里。

伙头军老丁

文 / 黄建明

老丁，全名叫丁周法，原云石乡增丰村（现戴村镇方溪村增丰自然村）人，幼年在家跟随其父做抄纸工。

众所周知，云石这个地方，森林资源十分丰富，特别是毛竹，达三万余亩，2016 年萧山区戴村镇云石竹乡荣获杭州市"十大最美竹乡"的称号，可见其竹林资源保护和竹产业发展水平均处于业界领先水平。

丰富的资源，催生了一种产业。增丰有一门十分古老的手艺，那就是古法造纸工艺，它是增丰人祖祖辈辈为维持生计传承下来的非物质文化遗产，历史十分久远。

碧水青山，静美古道，一个世外桃源，由于有了古法造纸，而变得更有生气、更富传奇。丁周法就是在这样的环境里长大的，自然也就与抄纸结下了不解之缘。他做梦也没想到的是，正是抄纸这一份不起眼的平平常常的谋生技艺，为他后来参加新四军夯实了基础。

原来，增丰处于石牛山群峰之间，民居倚山盘绕。一条萧富古道，始建于明代，是古时萧山通往富阳的主要山道。东出店口奔宁波，南走富阳赴金华，北达临浦上杭州。传说此古道是威震浙东南的金萧支队运兵运物的战略要冲，更是连通浙东浙西的物资集散地。

丁周法成年后经萧富古道到富阳等地做土纸谋生，听人说起金萧支队的种种传奇，特别是金萧支队为穷人撑腰的故事。其实在云石，人们对"革命"一词并不陌生，上堡和沈村早在20世纪20年代已有地下党组织，上堡的钟阿马还是萧山县委委员，曾领导上堡及周边的山民进行过"砍竹暴动"，狠狠地打击了地主阶级的嚣张气焰。这些革命的故事，都在丁周法的心里悄悄埋下了根。

他从云石乡到楼塔田村做抄纸工，因妻子在参加娘家兄弟的丧礼期间从床上跌下致死，留下十个月的儿子，所以他到田村做工的时候，把儿子也带到田村，委托村里一位姓王的哺乳期妇女带着。后来，丁周法参加革命时，就把儿子托付给这位王大嫂，说革命胜利的时候，再回来领儿子。不料，丁周法竟一去不复返。儿子自然变成了楼塔人，变成了田村人，改姓了王。

丁周法的革命生涯分成两段。

第一段是在富阳，任游击队员；第二段是在安吉，任新四军炊事员。

1944年，三十六岁的丁周法参加共产党领导的亲贤乡（现富阳区常绿镇）抗日自卫大队。当时的亲贤乡抗日自卫大队驻地位于长春村上坞自然村，是一座清代建筑，坐西朝东，由门廊、厢房、正房等组成，占地面积约三百二十平方米，梁架为抬梁穿斗混合结构。乡长章鉴和兼任大队长，蒋忠任教导员。

这支以国民党亲贤乡政府名义建立的抗日武装，其实际领导权由蒋忠掌握，是抗战时期诸萧富交界的抗日武装，也是党的统一战线政策结出的一个硕果。当时敌伪顽固势力很强，各色反动武装林立，环境复杂，敌我力量悬殊，任务非常艰巨。

丁周法作为一名武工队队员，跟随大队长蒋谷川，参加了多次战斗。1945年2月下旬，亲贤乡抗日自卫大队的一个自卫排20余人和7名武工队员，雨夜越过铁路，开始与数十倍的敌伪顽固势力周旋，并求得发展。第二天上午，联络顽固势力富阳自卫队窈口区中队的内线，当晚武工队急行三十余里，于拂晓前不费一枪一弹，端掉了窈口区中队（区税务中队），缴获二十余支步枪、两部电话机和大量手榴弹，顽固势力被迫撤出窈口。3月26日深夜，经过周密侦察，大队派蒋谷川率武工队，在地下党配合下，用一颗手榴弹，解除了顽固势力直埠区中队的武装，缴获了步枪二十八支、短枪两支。武工队又通过消灭富阳大源"警察"十余名，打击在路西勒索、收税、收粮、抓壮丁，为非作歹的零星武装，缴获了一些枪支弹药，为日后浙西新四军主力四纵队东渡富春江创造了有利条件。

据曾任中共路西县委副书记、副县长、萧山办事处主任的蒋谷川回忆，丁周法不怕吃苦，作战勇敢，冲锋在前，不怕牺牲，在端掉富阳窈口区中队的战斗中，武工队根据丁周法提供的地形图（早先丁周法在这附近做过抄纸工，非常熟悉地形），出其不意直插敌人指挥所，以突然猛烈的短兵火力击毙了敌指挥官，武工队只用十几分钟就拿下了战斗。蒋谷川对丁周法印象很深，说他既有山里人的淳朴，又有萧绍水乡人的勤劳，是一名充满热血的好战士。

　　当丁周法的儿媳妇、现年七十六虚岁的邢水莲专程去看望住在诸暨县冠山乡霞蔚村（现大唐镇银杏村）的蒋谷川老人时，听到蒋谷川对公公丁周法的高度评价，忍不住留下了眼泪。这眼泪，五味陈杂。

　　根据中共中央指示，金萧支队留下部分熟悉地情，与群众密切联系的地方干部领导组织精干的武工队坚持原地斗争。大部队根据上级指示，北上抗日。丁周法随大部队北撤后，被编入苏浙军区第三纵队第七支队一大队一中队一班，任炊事员。

　　1945 年 1 月，部队提前过了春节，冒着严寒向杭（州）嘉（兴）湖（州）敌后进军，目标是控制天目山地区，发展浙西抗日根据地。由于遭国民党第三战区顽固派阻截，历史上著名的三次反顽战役就这样打响了。

　　一天午后国民党部队反扑过来，新四军往回撤，等到国民党部队追得很近的时候，在老百姓家烧饭的丁周法已经来不及转移。情急之下，房东把他拉进了纸堆中间的洞里，然后赶快用纸捆把洞堵住。几分钟后几名国民党兵进屋来，抢吃的、穿的。可险了！等国民党兵走后，房东才把纸堆打开，带着丁周法向大部队撤退的方向追去。

　　5 月 20 日，部队在安吉上洞黄与国民党忠义救国军发生激战，难解难分，时间一长，战士们肚子饿得呱呱叫。丁周法明白"兵马未动，粮草先行"的道理，更何况现在已经是激烈的战斗了。饿着肚子打仗，战斗力肯定会下降，这一点，丁周法是明白的。于是，他积极筹粮筹款，架起铁锅烧饭。他把饭烧好后，放到两只竹篓子里，铺上棉纱布后又盖上薄薄的干草，挑起竹篓子就走。

丁周法心急火燎，挑着担子在崎岖的山路上疾走，走到山脚边的三里庙，感到非常吃力，也非常口渴，就顺便到庙里休息一下，讨口水喝。走进庙里，丁周法放下担子，擦了一把头上的汗水，准备去找水喝。突然，"咣当"一声，丁周法一惊，条件反射地回身拿起竹扁担，警觉地环视着庙的四周。

"哈哈……"一阵怪笑从菩萨的塑像后传过来。紧接着，两个衣衫不整的军人缓缓踱步出来。丁周法倒吸一口冷气，不好，是两个从前线回来的国民党逃兵。

"碰到我们哥俩是你的晦气。"其中一个逃兵洋洋得意地说道。

此时的丁周法明白眼前的处境是危险的，但是也没有其他的办法，只能与这两个逃兵斗智斗勇。这两个逃兵打起日本侵略者来畏首畏脚，打起新四军来却心狠手辣，一点也不手下留情。丁周法一路挑着担子奔走，本来就又累又饿，所以几个回合下来，丁周法渐渐落于下风，支撑不住，最后被这两个逃兵按倒在地。一人用绳子勒住丁周法，另一人死死按住丁周法的大腿，不让他动弹。不一会儿，丁周法没了呼吸。

丁周法牺牲后，他的尸体由当地群众收殓。群众纷纷指责国民党忠义救国军的残忍，也对国民党充满了失望。1987年4月，丁周法被中华人民共和国民政部授予"革命烈士"称号。

在丁周法牺牲二十年后，当年还在襁褓中的儿子王松定（先后改名丁松庭、丁松定），已经长成虎虎生威的小伙子，他继承了英雄父亲的遗志，参加了中国人民解放军4404炮兵部队，任班长，中共党员。他因在训练过程中抢救战友遭受重伤，荣立特等功一次。1971年转业到山西省374厂（军工企业），

伙头军老丁

後回乡务农，担任过生产队长，负责生产队在萧山围垦的工作。

孙子丁伟明，海军航空兵某部修理飞机技师，中共党员，因在部队表现突出，先后荣立三等功一次、一等功一次。

当丁周法的儿媳妇邢水莲拿出一大叠王松定和丁伟明的资料时，我再一次被震撼。

一家三代都是军人。

一家三代都是英雄。

这样的家庭，在楼塔，再也找不出第二家。

这样的家庭，在萧山，再也找不出第二家。

虽然伙头军老丁，参加革命前后不到两年时间，对于他来说，或许有遗憾，但如果他知道，他的儿子，他的孙子，都是革命军人，都是立过战功的英雄，他泉下有知，应该也会感到欣慰的。

从操纸工到革命战士
——追忆烈士丁周法

文 / 马　马

　　戴村是萧山的革命老区，丁周法烈士就出生在这里。

　　1906年，岁在丙午，属马的丁周法来到这个多难的人间。家穷，但掩不住父母对这个孩子的爱，有好吃的，尽着他，有好穿的，想着他，老丁家的未来就指望着他啊。"千里马！千里马！"有限的空闲里，父亲抱着年幼的丁周法，满怀憧憬。

　　憧憬的日子并没有到来。丁周法没有成为千里马，倒成了父亲一样的操纸工。萧山南部山深林密，出产上好的毛竹，用毛竹造纸是这里的一大产业，而且历史悠久，最早可以追溯到南宋时候，至明代洪武初年，生产的日历纸已经作为贡品进贡朝廷，清代延续了这一种势头，发展更快。

　　南片山区有不少人家置有槽产，丁家也不例外。

　　丁周法聪明肯学，在父亲手把手指导下，小小年纪就成为操纸能手，一人分担几人活计，井井有条，干净利落，成为当地远近闻名的行家里手。

　　家里还是穷，穷到讨不上老婆。父亲临死之前给几个兄弟分了家，丁周法和弟弟从此不再在一个锅里吃饭，各自走上谋生之路。

山民苦，山民穷，穷乡僻壤靠天时，兵匪勾结添灾难，丁周法一直到三十五岁那年才娶上老婆。妻子也是个穷苦人家的女儿，家里弟妹众多，被家庭拖大了年纪，看到丁周法忠厚老实又聪敏能干，就嫁了。嫁过来三个月，丁周法看到妻子隆起的肚皮，心里乐开了花，虽说家里仍是那么困穷，但丁周法相信日子总会好起来的。1943年正月，妻子给他生下一个大胖儿子，丁周法那个高兴啊，他跪在父亲的牌位前：爹爹，你有孙子啦。丁周法给儿子取名丁松定，希望儿子能像山冈上的青松一样经受风雨茁壮成长。妻子体弱多病，为保证儿子有奶吃，丁周法操纸之余，就去溪里抓鱼捉虾，还变着法子给妻儿换口味。在他的悉心照料下，儿子长得壮壮实实，妻子的身体眼看也好了起来。可惜好景不长，这一年底，妻子去娘家给兄弟送丧，竟突发急病，也去世了。消息传来，丁周法欲哭无泪，看着不到一岁的儿子，他不知道接下来的日子该怎么过。屋漏又遭连夜雨，山里土匪为患，"诸绍萧联防剿共指挥部""诸萧绍边区联防办事处反共第一纵队"等土匪部队敲诈山民，勒索财物，鱼肉百姓，对敢于反抗的人采用抓丁、活埋的手段，无恶不作，令人发指。丁周法家穷得揭不开锅，也还是被土匪接二连三地抢劫。"简直是没有我们穷人的活路了！"丁周法和穷兄弟们不知道自己的出路在哪里。

1943年12月21日，浙东游击纵队金萧线人民抗日自卫支队（简称"金萧支队"）在诸暨成立。金萧支队作为新四军的有生力量，先后建立了金义浦兰、诸义东、路西、诸北四块抗日根据地，与日军、汪伪军、顽军进行了错综复杂而又艰苦卓绝的斗争，共歼灭敌人两千多人，缴获长短枪七百多支，轻重机枪三十多挺。抗战结束后，这支部队编入新四军，并奉命北撤。

据金萧支队原武工队长蒋谷川老人回忆：丁周法就是跟着他参加金萧支队的，时间是1944年上半年。当时，正是青黄不接的时候，金萧支队为发动群众建立抗日根据地，派工作组从应店街来到萧山的楼塔、戴村。在摸排情况时，一个单衣薄衫面带菜色的男人进入蒋谷川的眼帘：这男人估摸着应该不超过四十岁，但他满脸愁容，似乎是个半百老人，怀里抱着一个牙牙学语的男孩。说话间，蒋谷川知道这人叫丁周法，是个忠厚老实的操纸工，妻子在不久前病死，怀里抱着的是他唯一的儿子。

"你们是好人，我要跟你们走。"丁周法听了武工队员们的介绍，坚定地说道。

"你走了，这个小孩怎么办？"工作同志担心着幼小的丁松定生活无着。

一旁站着的王家大嫂站了出来，答应帮丁周法照顾儿子。

第二天一早，丁周法拜别父亲的牌位，牵着儿子的手走下山来，他把卖纸剩下的钱和儿子一同交给了王家大嫂。

参军的队伍已经在雪湾桥头集合。

"大嫂，打跑小日本我就回来接松定。"丁周法说完这句话，再摸摸儿子的小脑袋，头也不回地跟着队伍走了。

蒋谷川告诉丁周法，到了部队有饭吃有衣穿，只要把日本鬼子打跑，大家都有好日子过。

"打鬼子！打鬼子！"丁周法的脑子里只有这个念头。

从操纸工到革命战士

丁周法被编入新四军苏浙军区第三纵队第七支队一大队一中队炊事班做炊事员。

"烧饭？不行。我要扛枪，去打鬼子和土匪。"丁周法跑去找蒋谷川。在领导的耐心开导下，丁周法终于明白一个道理：烧饭也是革命工作。

1945年春，中国人民经过浴血奋斗，即将取得抗战的胜利。然而，就在此时，国民党顽固派却调集部队加紧反共准备内战。这年3月1日，国民党顽固派调集第28军192师、52师、62师及地方武装12个团，分四路向新四军金萧支队路西抗日根据地安吉孝丰合击。新四军苏浙军区组织第一、第三纵队有生力量，分别于是年3月8号、3月25号、6月2号取得了歼敌四千余人的胜利。6月19日，国民党第三战区调集顽军十四个师约6万6千余人，进驻临安城内，新四军以三个纵队九个支队的两万兵力，与敌周旋，以三个支队担任下面守备，阻滞消耗顽军，以7个支队隐蔽集结，伺机突击。6月19日夜，新四军集中6个支队的力量向顽军左翼兵团发动突击，迅速迂回，勇猛穿插，在孝丰西圩一带，一举歼灭顽军52师主力和33旅一部，击毙52师副师长韩德政。

就在这场激烈的战斗中，为保证前线指战员吃上一餐饱饭，有力气与敌人决战，炊事班的同志们彻夜和面做饭，熟悉地形的同志担桶送餐。丁周法肩上的木桶最大，里面装着满满的米饭，他那双走惯山路的"铁脚板"在这里如履平地，战友们吃到嘴里的米饭每次都是热的。

"吃了丁大哥送的米饭，我们打顽匪的劲头更足啦。"

"老丁好样的，路上要注意安全啊。"前线战友和领导表扬丁周法，也提醒他。

又是战斗的一天。

1945年5月20这一天，三纵队七支队要攻打顽军盘踞的孔夫关口。孔夫关口在安吉境内，周围山高林密，地形复杂，顽军占据有利地形不断向我方进攻。为拔除这个钉子，经纵队批准，总攻于上午九点开始。丁周法在心里估摸着：中午十二点前肯定结束战斗，这饭一定要准时送到战友们手里。考虑到路上安全，他换上一双全新的草鞋，这样走路不会打滑，下脚更为稳重。

上午十一点，他挑起装满米饭的木桶，手持一根结实的木棍，木棍既可以当拐杖，遇到狼虫虎豹还可以当武器。

前一天刚下过雨，湿滑的山路让丁周法的新草鞋也难以招架，走了二三里，他看到前边有座土地庙，准备歇个脚再走。

庙里黑黑的，土公土婆两尊神像眉目不清，看来好久没有人来烧香了。丁周法放下木棍，撂下扁担，摸摸木桶还是热热的，他的心放宽了。正在他低头清理草鞋的时候，两个魅影从庙里飘出，举刀刺向丁周法。这是顽军的两个逃兵，他们从新四军指战员的罗网中化装逃脱，躲入这间小庙，看见穿新四军军服的丁周法送饭上前线，便下了毒手。

他没有牺牲在日本人的炮火下，却倒在了顽固派的刺刀下。被战友们亲热地称呼为丁大哥的丁周法就这样牺牲在安吉上洞黄。

他的儿子松定已经会叫爸爸了，但他再也听不到了。

父亲的模样，松定一点记忆都没有，但他骨子里流着父亲的血液。父亲是个为国牺牲的军人，松定记得清清楚楚。二十年之后的 1965 年，丁松定在楼塔岩山参加中国人民解放军，成为一名炮兵战士。又过了二十年，丁松定的儿子在楼塔萧南村光荣入伍成为解放军战士。"军人"，是丁周法给后人血脉里注入的基因，而三代从军，在楼塔恐怕也是只此一家。

1987 年 4 月 20 日，民政部认定丁周法为革命烈士。

今天，当我们去北干山烈士陵园祭扫先辈英烈时，沿朴实而庄重的山门往上，迎面有一块"萧山革命烈士英名录"的牌坊，上面镌刻着从 1921 年建党以来各个时期的英烈名字，丁周法烈士之名赫然列于"抗日战争时期一栏"。

太平本是烈士愿，从无烈士享太平。

向所有为了今天的和平与幸福而牺牲的烈士致敬！

丁周法烈士永垂不朽！